国境のない国から

ビジネス・コスモポリタンの
思索ノート

オリンパス前会長
下山敏郎・著

工作舎

米国式グローバリズムの危うさ

このところ、日本型雇用の特長である終身雇用や年功序列が悪いと盛んにいわれている。一九九九年には、米国の格付会社であるムーディーズが終身雇用を理由にトヨタ自動車を格下げした。

終身雇用、年功序列という言葉はまだ残っているが、その内容は大きく変わってきている。たとえば昇進や処遇に成果主義の要素を取り入れるなど、どの企業でも柔軟に対処している。若い人も終身雇用を念頭において就職する人は、ひと握りにすぎないとおもう。

しかしそうしたなかでも、企業経営者はいったん正社員として採用したら終身を覚悟で雇用していくのが日本式経営哲学であると、私はつねづねいっている。安定した雇用があってはじめて効率や生産性の向上が実現できるのであり、とくにモノづくりでは品質におおきく寄与するものだ。終身雇用こそが、日本の文化に根をおろした経営哲学である。

いっぽう、米国式グローバル経営は競争優位の制度である。強者の論理である「ウィナー・テイク・オール」、勝者がすべてを手に入れるということは米国の社会ではよくいわれ、これが米国式グローバリゼーションといわれるものである。

極端だが、この反対が日本である。以前、孫の運動会を見にいったさい、かけっこで全員を一等にしていた。順位をつけることは差別であるという考え方からだ。これも少し疑問だが、少なくとも米国式のウィナー・テイク・オールは日本の文化には合わない。社会のなかで人間を選別する機能をもち、そこから生みだされる敗者の野心をどのように冷却し、処遇するかが問題となる。日本型経営の哲学は、敗者の野心の処遇まで考えているのである。

米国式グローバリゼーションの進展は、社会的崩壊をもたらす原因ともなっている。二一世紀をむかえ、米国では一〇万人あたり三七三人が刑務所に入っているという。一九八〇年代のレーガン政権の時代には一〇三人だったのに比べて、約三・七倍になっている。この数字は、カナダの四倍、イギリスの五倍、日本の一四倍だそうである。

ロンドン・スクール・オブ・エコノミックスの教授であり、欧州思想家でもあるジョン・グレイ氏は、『グローバリズムという妄想』という本のなかで次のように述べている。

「グローバル自由主義は人類社会にいまだかつて存在したことのない状況を作りだすことをめざしている。財、サービス、資本の移動はいかなる主権国家による政治的コントロールも規制も受けない。市場は本来の社会や文化から切りはなされている。これは歴史から絶縁されたユートピアであり、自己破滅である。グローバル、自由放任はソ連共産主義と同じく、経済の現実における国民的、文化的相違、伝統と歴史の遺産にたいする破滅である」

グローバルや自由放任が歴史の遺産にたいする侵害であるという主張はやや極端だが、企業経営というのは人間がかかわってやることなので、文化的要素、文化的判断が介入することは当然である。

日本型経営を支える文化的要素は、いわば人本主義である。どのような文化でも固有性をもっているから、価値判断の基準が微妙にちがってくる。そこで、これからは日本と米国の両者のよいところを取り入れたマトリックス型経営、あるいはハイブリッド型経営をめざすべきであるとおもう。

では、国境のない国から、ともにハイブリッドな地球の旅へ。

国境のない国から　目次

第2章●近隣の朋友たち

第3章●凛々《りり》しい日本を希《ねが》う

第4章●味わい深いエピソード

第1章

地球を歩けば——

ドイツの元首相ヘルムート・シュミット氏を
訪ね、書斎で語り合う。
オリンパス社長になって
5年目の1989年。

上司はベレー帽の時代の人

このごろは帽子をかぶる人がほとんどいなくなった。日本はもとより世界的な現象である。戦後の一九五〇年代まで、ニューヨークでは帽子の全盛時代であった。地方の州、とくに南部の人たちはニューヨークに行くときにはわざわざ真新しいハット（主に中折れのソフト帽）を買って行く。テキサスの人はいつも手からはなさないカウボーイハットをソフトに替えて行くのであった。

戦後初めてニューヨークに赴任するにあたり、中折れのソフト帽を買った。まだ二〇代後半の年齢で、われながら身につかないとおもった。背が低いうえに帽子のツバが大きすぎるもので、まったく似合わなかった。同行者も似たようなものであった。とくに日本人の頭はハチが開いていて扁平であり、頭の恰好からして帽子向きでないとおもっている。

そうはいっても、あのころの写真にはむしろ帽子をかぶらないで写っていると不自然であった。帽子はたんにかぶるだけでなく、衣服と調和させるべきものであり、社会的しぐさや身振りとも密接に関係する表象記号であった。帽子の下には顔がある。帽子こそ自己を演出するにはもっとも効果的な「冠《かぶ》りもの」なのである。織田信長も南蛮渡来の黒いソフト帽をかぶって、当時としては大変なダンディぶりであった。帽子は物理的に寒暑をさけるための装身具であるはずだったが、いつのまにか実存的なものとなっていったのである。

マンハッタンに住んでいたころ、たまたまイースター・パレードを見る機会があった。快晴の暖かい日で、絶好のイースター・パレード日和《びより》であった。当時流行していたビング・クロスビーのイースター・パレードのメロディがおもわず口をついてでるような浮き浮きした若い時代であった。五番街は車を入れないで歩行者天国となり、アップタウンに位置するセント・パトリック・チャーチの石段のうえで見ることにした。

パレードは普通とはまったく趣を異にしたもので、始めも終わりもなく、着飾ったシルクハットやお釜帽子の紳士たちと、華やかな帽子をかぶった淑女たちが連れだって、三々五々散策するものであった。淑女の帽子はそれぞれ目を欺くほどの百花繚乱ぶりで、どれも形容しがたい個性的なものである。なかにはイースターにふさわしい卵や生きたヒヨコを入れた手籠をさげている人もいる。どういう階層の人たちなのだろう。全部が全部紳士、淑女ではありえない。本当の紳士、淑女はこのような日にこのような場所に出てこないはずである。ともあれ、ここは世界のニューヨークであり、つまらぬ詮索は馬鹿げたことと、暖かい陽ざしのなかでおもう存分楽しんだものである。

女性の帽子には、男の帽子につきまとう制帽の画一的な要素がみごとになくなって自由である。少年のころから軍人として教育されてきた者にとって、制服制帽の堅苦しさが身に沁みこんでいる。男の制帽を仮にあみだにかぶったら、帽子の下にある顔もさることながら人格まで崩れ去る。女性の帽子は奔放であり放恣な曲線の連続である。それは花飾りや羽根飾りがついているだけでなく、さながら自由に飛翔する鳥のようであり、洋服と容姿に融け合ったファッションの精髄をおもわせるものである。

「脱帽」という語は、英語はもちろん世界各地に存在する。「シャッポを脱ぐ」といえば「まいった」とか「降参する」という意味になるのはどこも同じである。挨拶において帽子を脱ぐことは慇懃《いんぎん》と敬意を表す礼節の行為であったが、無帽はそれをまるごと否定する行為となる。現在の無帽の時代は、「脱帽」にかわる別の表象を積極的に現してゆかなければならない。

帽子は身分の規定を示すものであった。もともと階層社会のあいまいな日本ではこのへんの認識がまったくなく、ときには困ったことになる。両班《ヤンパン》という階層のあった朝鮮においてはこの身分規定は厳然としていた。儒教の位階の厳しかったところでは顕著であり、中国、朝鮮は帽子の国であったといってもよいかもしれない。

戦後の一時期、日本でベレー帽が大流行したことがある。第二次大戦に勝利した英国の首相チャーチルは引退後は絵を描いていたが、ベレー帽姿でおなじみだった。日本におけるベレー帽の流行はチャーチルからきたものとおもっている。芸術家にうけただけでなく、一般大衆はもちろんのこと、ビジネスマンまでかぶっていた。

わが社においても例外でなかった。社長をはじめ役員の人たち、部長格の人たちまでかぶっていた。営業担当の上司であった絵を描く海軍出身のA・I常務や、写真の大家のE・S部長等々。帽子は職業や階層を象徴するものであり、身分規定されるものであって、時や場所をわきまえねばならないはずであるが、階層のない日本ではおかまいなしであった。

ある冬の寒い朝、上司のA・I常務をハンブルグ空港に出迎えた。当時は日本人駐在員やドイツ人のトップ、銀行の支店長まで出迎えるのが習わしであった。降りてきたのは、なんとベレー帽をかぶり赤いマフラーの常務であった。出迎えるほうは、もちろんきちんとした服装にソフト帽である。

朝食後、事務所に行く前に常務を車に乗せて黙って市中の帽子店に連れていき、むりやりにソフト帽を買わせようとした。軍人出身の彼は烈火のごとく怒り、声を荒げてわめいた。事務所や銀行にいくのだから、ドイツ人職員の手前もあり、ビジネスマンらしくソフト帽にしてほしいと懇願した。常務は帰国後、この小さな事件をこぼされていたらしい。「下山の奴は俺に強引に帽子を買わせた」と。

帰任後、後々まで三奇人のひとりと言われていたA・I常務からは、何かあるたびにこの事件がもちだされた。無骨で表現の荒っぽかった人だが、どことなく嬉しそうで懐かしそうな想い出として感じられた。

その常務も今はいない。ガラガラ声の文句も聞くことができなくなったのは、淋しいことである。

東欧の血がかよう「知識の橋」

一九六三年春、西独ハンブルグに赴任して、七年間駐在した。ベルリンの壁が築かれた二年後である。米、英、仏、オランダの占領下、西ドイツ国民にとって戦後は完全に終わっておらず、ハンブルグ中央駅の大屋根にも爆撃の穴があいており、大通りのあちこちに空き地があり瓦礫の山があった。私はハンブルグにオリンパスヨーロッパを設立、カメラ、内視鏡、顕微鏡などの販売網とサービス網をつくるために、西欧はもちろんのこと、東欧のドイツ語圏であるチェコ、ハンガリー、ユーゴースラビア、東ドイツに数多く出張した。医学会やカメラショウのときには一週間くらい民宿した。

東ヨーロッパ諸国への思い入れをいだくようになったのは、ハンブルグ駐在からさかのぼること七年、ニューヨーク駐在中にハンガリー動乱(1956)が起きたことである。この動乱はテレビや新聞で毎日大きく報道された。奇異に感じたのは、一週間か一〇日遅れで着く日本の新聞の記事の論調である。それは米国の報道や世論とあまりにもかけはなれた内容であった。ワルシャワ条約機構を全面的に支持する報道姿勢は偏向としか思えず、三〇歳の血気さかんであった私は義憤を覚えたものであった。

ハンブルグ赴任後に知り合ったハンガリーのドクター・シモンズは、まだ三〇歳を出たばかりの新進気鋭の消化器系の医者であった。病院はジャスツベレニ(Jászberény)というブダペストの東、約六〇キロの人口四、五万人ほどの街にあり、当時日本を除いて世界でファイバースコープによる上部消化器の集団検診をはじめた唯一の病院であった。

ドクター・シモンズが話したことが今も耳に残る。ハンガリーの一〇〇〇万の国民は、わずか一〇人の筋金入りの共産党員にコントロールされているのだと吐き捨てるように言ったこと。そして、「われわれの街には洋品店が一軒、靴屋が一軒、車など五年待っても買えない。ネクタイを選んで買えるあなた方がうらやましい。しかし日用品の選択などどうでも良いのです。大事なことはすべてにわたって選択の自由がないのですよ！」

ドクター・スローカはチェコの天文学者であった。彼は天体写真のキャリアもあり、カメラが好きで詳しかったので、プラハ駐在員のひとりとして契約していた。国際学会の展示や販促活動には、嬉々として働いてくれた。すでに年輩であって顔も広く、学会やショーのときの白タクの運転手とか、職人、掃除婦という人たちを、どこからともなく集めてきてくれた。

彼はまた熱烈な愛国者であった。戦後、例にもれずプラハ大学の教室を追われ、細々と暮らしていた。白髪をふるわせて社会主義を攻撃し、ソ連をなじり、栄光ある祖国の文化と自由と解放を唱えて、とどまることがなかった。

一九六八年夏、「プラハの春」の頂点に達したとき、四年に一度のヨーロッパ内視鏡学会がプラハで開かれた。ドクター・スローカも手勢をひきつれて馳せ参じてくれた。すでに浮き立つような雰囲気がただよい、伸びやかな、大きな声でものをいう空気があった。チェコの人たちの顔色は、暗い東欧の人たちのなかにあって、ひときわ明るく、街には哄笑が聞こえた。

カラリと晴れた暑い日曜日、学会の休みを利用してドクター・スローカは白タクでプラハの周辺を案内してくれた。夕刻になり、どうしても見てもらいたいものがあるという。それは観光案内書には載っていないものだと。ブルタバ川に沿ってしばらく上がり石造りの橋のたもとに着いた。それは「学者の橋」または「知識の橋」(Bridge of intelligence)ということであった。

戦後、ソ連がプラハに入り先着の米軍がひきあげたときに、悲劇の幕はきっておとされた。ソ連軍およびこれにへつらう共産主義政府が、国中の学者や知識人をかりだして橋造りの重労働をさせたのである。象牙の塔の学者や口先だけの進歩主義者に肉体労働を体験させ、プロレタリア独裁の実証と価値観の逆転を見せつけるためだという。ドクター・スローカも、もちろんかりだされたひとりであった。プラハの冬は厳しく夏は暑い。喰うや喰わずの学者たちが手押し車を押し、石を運んだ。手足は裂け、病気で倒れる学者も多かったという。ドクター・スローカの足の不自由なのも、この重労働のせいであった。

左翼革命のつねとして、プラハでも最大の敵は、もっとも近くに位置する学者、知識人、進歩主義を標榜する人たちであった。

心配されたソ連軍の戦車の突入は現実のものとなり、「プラハの春」は終わった。国際世論が許さないだろうと見こんだドクター・スローカやチェコ大衆の考えは甘かった。国際世論ほど頼りないものはないことが実証された。意気に感じてくれたサービスマンたちは亡命し、ドクター・スローカも亡くなった。そして私の作りあげた販売サービス網も「プラハの春」とともに崩壊した。

東欧こそまだ日本のエコノミックアニマルに汚染されていない唯一清新な市場であった。経済進出にさいして、企業や経済人は注意をはらってほしいとせつに願う。

旧東欧、ロシアまで含めたパン・ヨーロッパの動きは「欧州共通の家」の思想のもとに、長い年月をかけて進められつつある。これは一五世紀以降の世界史のなかでくりかえしてきたことである。日本の行くべき道は、日米関係の摩擦やきしみを取り除いて、それぞれ独自の文化や歴史をもつ欧州総連合やアジア諸国との多様なかかわりとともに、再確立していくことにつきるとおもう。

ドイツ、国境の春

北ドイツ、ハンブルグの東北六〇キロメートルほどのところに旧東独との国境の街、ラッツブルグがある。国道二〇八号線に沿った森と丘と湖に囲まれた絵に画いたように美しい小さな街である。アウトバーンから分かれて国境に向かうこの国道はドイツでは珍しく舗装が悪く、ところどころ轍《わだち》が深くくいこみ、ハンドルをしっかり握ってバランスをとらねばならない。私はドイツのあまりにも完全なスピード本位のアウトバーンよりも、車の通らない曲がりくねったこの田舎道の国道が好きだった。

　眼のとどくかぎりの麦畑の丘とどこまでも続く黄色い菜の花畑のあいだを通って、いくつかの村を通り過ぎる。白いリンゴや梨の花、ピンクのアンズや桃の花がいっせいに咲きはじめ、短い春をうたっている。ホルシュタイン州のこの地方は牧場が多く、白と黒のマダラの牛は、柔らかい光の中で動くのをとめ、そこにはコローの風景画がつぎつぎと広がっていた。

　大小さまざまの湖を通りすぎ、ラッツブルグの街を通り、やがて若葉のむせかえるような森で車を止めて一息いれる。北欧の緑は美しい。太陽の光の薄いためであろうか。日本や米国のそれのように、どぎつい緑ではない。闊葉樹の緑は透きとおるように柔らかく、ため息の出るほど美しい。濡れたような若葉は、脱皮したばかりの蝉の羽のようであり、手でもんだら淡緑色の汁がポタポタ落ちるように思われる。雑草の生えない森の中には、名も知らぬ可憐な白い花が咲き乱れ、グリム童話の舞台のようであった。

　私は春になると、家族を連れてよくこの国境の近くに来た。そして車にいっぱいわらびを採った。誰にも採られたことのないわらびは柔らかく太くて、小さい子どもたちにも面白いほど採れた。

　車を森において国境までの道を五、六百メートル歩く。国道は突然目の前で無残にも断ち切られる。数本の太い杭と鉄道の遮断機のような柵があり、二重に断たれている。緑色の制服の西独国境警備隊の兵隊がひとり立っているだけだった。

遮断された道路の先は、戦後三〇年近い閉鎖のために草ぼうぼうとなり、かつての国道の先は森に入って消える。樹々のうえには火の見やぐらのような監視塔があり、東独兵の動いているのがかすかに見える。そして断ち切られた道路のこちら側に向けて看板があって、人々の胸を突き刺す言葉が書かれている。

「あちらもまたドイツである!」

「DARÜBER IST AUCH DEUTSCHELAND !!」

ここにはベルリンの壁のような荒々しさはない。しかし自然を人工的に断ち切った国境は、より強く胸をうつ。ここはまさしく「国境《グレンツェ》」である。歴史があり、民族の運命がある。「国境のない国」=日本の旅人であるわれわれにも、いろいろの思いのわいてくるのを禁じえない。国境をもたず、国境の重みを知らないわれわれ日本人は、なんと平和な民族であろう。

一台の車がうしろで停まり、数人のドイツ人が歩いてきた。田舎から来た人たちであろうか、声高に話す人はおらず、粛然としている。国境のかもしだす重みに威圧されているようである。

「あちらもまたドイツである!」

看板の言葉はわれわれ異邦人にたいする以上に、彼らの胸に強く響いたことであろう。

初夏に近い陽ざしが樹々の緑を通して踊り、風はさわやかに国境《グレンツェ》に吹いている。車の音にふりかえると、さきほどの一行は消えていた。

一九八九年、ベルリンの壁はついに崩れた。人工的な醜い国境は消えた。ラッツブルグの森の中の国境の道は、どのようにつながったのだろう。歳々年々、人は変わってしまったけれども、年々歳々、花は変わらず咲いていることであろう。

ブダペストの民宿の温もり

一九九四年五月にハンガリーで総選挙が行われ、旧共産党で構成される社会党が第一党となった。

民主化後の改革政策はもっとも活発で、東欧の旧社会主義国のなかでは優等生と伝えられていたものである。経済政策の失敗で、国民の不満が高まったためという。遠く離れた東ヨーロッパのことであり、一般の人にはあまり関心のないことであるが、この小さい記事は、私にいろいろなことを思い起こさせることになった。昔のおしつめられて微笑のない国にすぐには逆戻りするとは思われないけれども。

東欧のなかで、ハンガリーも建国以来受難のなかに過ぎてきた国である。その発祥を、東洋にもつというマジャール民族は素朴で人情細やかで、はにかみ屋の多い人々である。牧歌的な緑の自然と伝統ある文化と、人々の親切が混然となって異邦人である私どもを迎えてくれる。

姓を先に書き名前を後に書く習慣も日本人そっくりであって、アジア系であることを誇りとする親しみやすい国である。

忘れっぽい日本人にとって、もはや知っている人も多くはないだろうが、ハンガリーは第二次大戦中、日独伊枢軸国に加わって参戦した国であり、数十万人の戦死者を出し、国富の過半数を失った。このことだけでも胸の痛むことであるが、この国の人たちの人なつっこさは、単にマジャール民族というだけでなくて、歴史的に共に戦い、共に傷ついたという連帯感のようなものが残っているのではなかろうか。ハンガリー空軍の歌は、戦時中の日本の愛国行進曲のメロディーであり、自宅に招待されたおりなど、わざわざピアノで演奏してくれることがあって、日本でも忘れてしまった歌を社会主義体制のなかで聞かされて、大変複雑な思いをしたものである。

仕事で出張するときは、民宿することが多かった。ホテルのサービスの悪さは、社会主義国を旅した人なら誰でも感ずることであるが、私は幸いに医薬品公団の人と親しくなり、この知人のすすめで民宿し、その後ひとりで出張する時は、いつもこの家で泊まった。民宿のほうが安いし、じかに市民生活にふれることができるし、何よりも心のこもった温かいサービスが嬉しかった。

個人的には親しみやすい人たちの多い社会主義国で、ホテルとか公共施設となると、サービスの悪くなるのはどうしたことであろう。ホテルの従業員も、体制のなかでは国家公務員ということになるのであろうが、チップは喜んで受けとる。学会やショーで業界の人たちと一緒になると、サービスの悪さに辟易《へきえき》して、よく悪口をいったものである。「社会主義国の辞書にはサービスという語はないのだろうか」とか、「職務分析して労働者のノルマを作ったときに、ひとつだけ忘れたものがある。それがサービスさ」などと、腹立ちまぎれに冗談をいったものである。

私の民宿する家は、ブダペストのブダ地区の丘の中腹の家であった。どっしりとした昔の建物のなかのアパートである。ブダペストは豊かな流れのドナウ川をはさんで、丘陵地帯のブダ地区と官公街や商店街のペスト地区に分かれる。両地区を結ぶ七つの大きな橋のひとつを渡り、ブダ側の丘陵地帯をのぼってゆく。有名な漁夫の砦《とりで》、王城、マーチャーシュ教会のあるゲレルトの丘をまわった裏側に、私の泊まる民宿のアパートがあった。

家族は中年の未亡人と中学生の娘とヨボヨボの老婆の三人きりであった。長男は技術屋で、南米に行ったままであるとのこと。何かわけがありそうであった。もともと主人は大学教授であったとかで、家には本のいっぱいつまった大きな立派な書斎もあり、部屋数も普通よりは多くて、階層の高い雰囲気が感じられた。

未亡人は近くの病院の下働きであり、また丘の中腹の墓地の掃除婦でもあるらしかった。仕事については何も語りたがらなかった。階層の高かった昔の生活と比べて、口が重くなるのも当然であろう。立派なドイツ語を話す人で、昔の身分と教養を思わせる婦人であり、眼の輝きにも知性のひらめきがあった。しかし外での労働が多いためか、陽にやけており、手は節くれだっていた。

東欧の人々の例にもれず、この一家にも朗らかな笑いがなかった。しかし老婆にしても子どもにしても親切であり、朝食も一生懸命に気をつかってくれて旅行者であることを忘れることが多かった。ときどき夕食後には数冊のアルバムを見せてくれた。ワイン色に変色した写真の説明をいろいろしてくれた。昔を懐かしみ、大きな境遇の変化を忘れるためのよすがであったのだろう。私が土産に持参する石鹸を、母娘が両手に握って嗅ぎながら「クリスマスの匂いがする」といいあっていたことを忘れることができない。

この一家の境遇も、民主化解放後に大きく変わったことであろう。そしてまた政治的に逆戻りすることのないように願っているものである。

世界史のはじまりモンゴル

日曜の朝、ブダペストのホテルの窓際のマーチャーシュ教会の鐘の音で起こされた。前日までの疲れが残っていて体が重く、再びベッドに横たわり想い出にふけることになった。

世界内視鏡学会がブダペストで開かれてから二六年ぶりの訪れ(1999)であって、センチメンタル・ジャーニーでもあった。街も人も大きく変わっていた。「年々歳々花相似たり、歳々年々人また同じからず」と昔の人はうたったが、この詩《うた》のとおりであった。しかし昔の医療器の買付公団の購買官だったフリッチ氏夫妻は齢《とし》はとったが元気であった。話しぶりも昔と同じで懐かしかった。だがいつも民宿して世話になった家の婦人は亡くなり、世代は変わっていた。

この国は歴史はじまって以来、幾多の興亡をくり返してきたが、そのつど国造りの気概は衰えたことはなかった。むしろいよいよ壮《さか》んであった。この国の歴史を思うとき、なんと不幸の連続であったのかと胸が痛むのである。

一三世紀にはモンゴルに侵略され国土は荒廃し、一六世紀にはオスマントルコの圧迫を受け、一五〇〇年の長きにわたってトルコの支配を受けた。そのあとオーストリアのハプスブルグ家の勢力下に入り、一七世紀末まで全土が国家の支配を受けることになった。第一次大戦後ハプスブルグ家は崩壊する。ハンガリーは独立宣言したものの、ドイツ側について戦ったために、領土、人口の多くを失った。そしてこの領土の失地回復をめざして、第二次大戦ではよりによってドイツ、日本、イタリアの枢軸国側について戦って敗れ、日本と同様敗戦の苦しみをなめることになる。国家の運命とはいいながら、なんと気の毒な道のりであったのだろう。

九世紀のころ、アジアのフィン・ウゴル系のマジャール人がウラル山脈のなかから出てきてハンガリー平原に入り、ヨーロッパの農耕文化とカトリック信仰を受けいれた。ハンガリーの建国である。ハンガリー人は自らがアジア人であることを誇りとしている。今でも生まれた赤ちゃんの尻には、四分の一ぐらいは日本人と同じモンゴリアン・ブルー（蒙古斑）があるという。

一三世紀に入り、いよいよモンゴルが侵入してきた。日本人はモンゴルといえば、相撲で活躍しているくらいしか知らない。歴史で教えないからである。しかし世界史はモンゴル史から始まったものであって、モンゴル史を理解しなければ世界史の理解ができない。モンゴル史こそ歴史の源流である（岡田英弘東京外国語大学名誉教授）。

現代の中国人、インド人、イラン人、ロシア人、トルコ人という国民はいずれもモンゴル帝国の産物であり、その遺産である。そればかりでなく、現代の世界の指導的経済原理の資本主義も、モンゴル産出の遺産なのである。雀でさえモンゴルがもたらしたとハンガリー人は伝えている。

ヨーロッパ人でモンゴルの怖さを知らぬものはいない。今でも子どもたちはおびえ、泣く子も黙るほどである。モンゴル帝国が一直線に膨張をつづけた理由は、遊牧王権の性格にあった。君主は部下の遊牧民の戦士たちに、たえず略奪の機会を与えるか財物を下賜しつづけなければ、その支持を確保できなかった。モンゴルの来襲のあとには草木は残らず、犬猫もいなくなったという。事実、ハンガリーも来襲時には人口は半減した。

モンゴル軍の作戦の目的は、西ヨーロッパをことごとく征服して大西洋岸に達し、この地方をモンゴルの牧地とすることであった。モンゴル軍の先鋒隊は、イギリスの貴族が先導していたという。東は朝鮮半島から日本海、東シナ海、中国全土、西は黒海、フィンランドから中央アジア、中央ヨーロッパからペルシア湾にいたる地域までが、大モンゴル帝国におおわれることになった。これは人類はじまって以来、最大の帝国であり、まさに世界史のはじまりである。

日本は元寇に勝った世界唯一の国であるが、青森県弘前市のあたりでは、モンゴルの残虐な行為は子守歌となって残っているという。モンゴルが残虐のかぎりをつくしたといわれる、壱岐・対馬の人々が移住して残したものと考えられる。

ホテルの窓の外では日も高くなり、小鳥のさえずりもうるさいほどとなった。モンゴルから来た雀かもしれない。小鳥の鳴き声がうるさいとは贅沢だなと苦笑しながら、床を離れることにした。

プラハの秋のユダヤ人墓地

一九六八年八月二〇日という日は、私にとって生涯忘れられない。この日にソ連の戦車がプラハに侵入、私はその前日、プラハから急遽ハンブルグに飛び帰ってテレビにかじりついていた。会社のドイツ人職員たちは老若男女を問わず市庁舎の前の広場に集まって、抗議集会をやっていた。

歴史的に有名な「プラハの春」を体験した私にとっては、ベルリンの壁の崩壊後の東欧諸国の自由化は大きな関心の的であった。それぞれが歴史と伝統のある都市でありながら、くすんでほこりっぽい街並がまぶたに残っていて、新聞やテレビの報道に自然に眼がいって、解放後の変わり方を一度みたいと思っていたが、やっとその機会が一九九四年の秋におとずれた。

激動の東欧の自由化(1989)から五年、プラハは大きく変わった。空港も西欧と変わりはなくなり、とくに重苦しい感じがした税関は、昔の面影はまったくなくなっていた。前はたくさんの書類をチェックされ、質問をあびせられて、ほとほと嫌気を覚えたものだったが、むしろアメリカや成田よりも簡単になっていた。空港からプラハの中心街までの道路も綺麗になり、紙くずも空き缶も落ちておらず、黄色く色づきはじめた照葉樹の並木が、澄んだ青空に伸びて輝いていた。市内に近づくにつれて、赤い屋根の合間から特徴のある尖塔がいくつも頭をのぞかせていて、その美しいたたずまいは、昔のままの「百塔の街」であった。

夕暮れのせまるころ、夕食をとるために街に出た。土曜日の夕方のためか、目抜き通りは車の通らない歩行者天国のようになっていて、西欧の街角とまったく変わらぬのびやかな若者たちが肩を組んで歩いている。そしてあちこちの広告塔のスピーカーから流れる喧噪な音楽。なんとそれはディスコからの音楽であった。群をなす観光客。いたるところにマクドナルドの看板。さすがにチェコの人たちも苦笑していた。

ソ連の戦車が突入して弾圧した「プラハの春」とそのあとの冬の時代しか記憶にない私には、自由化後まだわずか五年というのに、この変わり方は感無量であった。しかし、変わらないものをひとつ見つけた。それは、決して気持ちのよいものではなかったが、あのユダヤ人墓地であった。

あれはいつのころであったろうか。内視鏡学会の合間をぬって、親日家で熱烈な愛国者であったドクター・スローカが古いガタガタの白タクで連れていってくれたのが、ヨーロッパ最古のユダヤ人墓地であった。今にも雨が降ってきそうな夕方、連れていかれた墓地は、鬼気迫るものがあった。何千とある平たい墓石がほとんど全部倒れ重なり合っている光景には、声がでなかった。夕闇のなかに入り乱れている白い墓石は不気味であり、数限りない白骨のように思われた。そしてその墓石の数の多さには、圧倒された。アメリカの墓地のように空間を多くとり、整然と綺麗に手入れされた墓地とはまったくちがって、隙間のないくらい墓石が立てられていた。一四三九年からといい、一八世紀の終りごろまでに、一万二〇〇〇基も立てられたという。『人造人間』の作者、マイリンクの墓もあるとのことであった。

前にこの墓地をみたときは、ソ連の占領下であり、第二次大戦中のナチの破壊をそのままにしてあるのだと思っていたが、そうではなかった。

自然のままのものであり、これが名所となっているのである。二〇数年をへだてても、決して気持ちのよい光景ではなかった。昔とのちがいは観光客の多いことであり、黄色い落ち葉がひとしお秋を感じさせるものであった。

オリンパス・クロアチア訪問

クロアチア共和国といっても、どこにある国か正確に言い当てられる人は少ない。日本人にはむしろ、ボスニア・ヘルツェゴビナ紛争の初期のころの国連代表だった明石康氏がいたザグレブが、この国の首都だといったほうが解りやすいかもしれない。事実、ボスニア・ヘルツェゴビナに国境を接して北に位置する人口四五〇万人の小さな国である。一九九一年に旧ユーゴスラビアが解体して、セルビアとか、ボスニア・ヘルツェゴビナ、スロベニア、マケドニアなどたくさんの国が生まれたが、そのひとつである。

オリンパス・クロアチア(OCR)は一九九二年に設立され、ザグレブにあって従業員は二〇名。販社広島支店より人数の少ない規模であるが、創業以来業績はよく、士気は非常に高いと聞いていた。内戦に近い戦乱のなかにあって、どうやってビジネスをやっているのだろうと、かねてからぜひ一度訪れてみたいと思っていた。一九九六年になってザグレブ空港への砲撃もとだえ、テロもなくなって治安が安定したとのことで、欧州出張のおりにザグレブまで足を伸ばした。

クロアチアはやはり遠い国である。直行便はなく、あちこち乗りついで入国まで一日かかってしまった。アドリア海岸のリゾートの観光資源以外、まだこれといった産業もなく、チェコのように重工業、軽工業のある国とは、民度はだいぶちがうようにみえた。目抜き通りの店にも品物はあまりなく、まだこれからの国と思われた。

天井の高い古い由緒あるホテルのロビーやエレベーターのなかには、一日でアメリカの兵士とわかる若者たちが迷彩服に雑嚢《ざつのう》といういでたちで、戦塵の匂いをもちこんでいた。NATO軍に参加しているアメリカ空軍の兵たちであった。

OCRの社員たちはみな若くて人なつっこく、きびきびしていて、しつけと規律と士気の高さが見てとれた。ビジネスや商品の情報、販売促進の材料など、仕事をやるうえの不自由さは、他の国とは比べものにならないと思ったが、事務所の明るさは、どこからきているのであろう。トップのリーダーシップと想像力によるものであろうか。地図を前にして説明してくれる会社の人たちの顔には、国造りと会社造りの夢が強く感じられた。

クロアチアは敬虔なカトリックの国である。街の中心部には教会が多く、結婚式は土曜の午後と決まっているとのことで、雨の中、白い花嫁衣装のカップルが、濡れながら教会に出入りしていた。所変われば風習も変わるのである。

郊外を車で通った。低い丘が波のうねりのように続き、丘の中腹にはリンゴや梨、アンズの花がいっせいに咲いていて、赤い屋根の百姓家が、芽をふいたばかりの浅黄色の木々の間に点在していた。丘の上に向かって波をうつように続く畑には、黄色いタンポポや紫のレンゲ草がびっしりと咲きつづき、村の分かれ道には、カトリックの国らしくキリストの十字架の小さな祠《ほこら》が建っていた。春霞が薄くたなびいて、まるでベス単の写真（ベスト版カメラのレンズ一枚の単玉写真機。味わいのある写真が愛好された。）のようであった。瞼にダブるのは、故郷のこれに似た心象風景であり、思わず口ずさむのは「朧月夜」のメロディーであった。

この平和な童話の国のような丘の向こうのボスニア・ヘルツェゴビナでは、相変わらず民族同士の殺し合いの戦争が続いているのが、信じられないほどであった。

ユーゴスラビアはもともと「セルビア人・クロアチア人、スロベニア人の王国」として出発した王制国家の連合体であった。王室や貴族のあいだでは、自分たちを南スラブ共同体として位置づける一体性があった。

冷戦の終了は、「民族の時代」ともいうべき熱狂を世界各地にもたらした。「文明の衝突」が起こったのである。人が自由な個人として自立したいように、人々の集団も主権国家として独立したいと願うようになり、ナショナリズムにむかう。他人の干渉や命令を受けたくない、他人にあれこれ指図されたくないという人間の本性や願望と無関係ではない。自分たちの集団と近くの集団とのちがい、差異への違和感は、他者への蔑視や嫌悪感をともなってくる。この感情は非常に複雑で、一六世紀のあるアラブの法学者は、「キリスト教徒の公正よりも、イスラムの暴政家のほうがましだ」と述べている。たとえ外国人の支配がいかに善意のものであっても、虐待をともなうかもしれないが、自分たちの一員による統治に安心の境地も求める心理である。イラクのサダム・フセインを受け容れてきた中東イスラム世界のメンタリティも、このようなところに関係するのであろう。

明日は帰国という旅の最後の夜、同行のS君と雨の中、近くの中華料理店にいった。スイスでの国際会議につづく、いくぶん長い旅だったので疲れもでて、地ビールに酔った。隣のテーブルでは、NATO軍のアメリカの若い将校と思われる五人が年輩の人を中心に静かに食事をしていた。礼儀正しく上品で、好ましかった。ビールを飲んでいるのは年輩者ひとり、料理もほとんどとらず、水とご飯のおかわりだけだった。遠い国での旅の終わりに、思いは二〇歳のころの戦地に飛び、いくぶん感傷的になった。

「ビールだけでも差し入れて帰ろう」とS君と引きあげた。

雨は相変わらず降っていたが、気持ちのよい夜だった。

ハンニバルとスキピオ

ローマとカルタゴが死力をつくして戦ったポエニ戦役について、誰でも名称ぐらいは覚えているであろう。私も例外ではなかったが、地中海史を読み返す必要があり、改めて考えさせられることが多かった。

第一次ポエニ戦役は西暦紀元前二六四年、日本ではまだ弥生時代のころであった。第三次ポエニ戦役でカルタゴが滅亡するのだが、これが紀元前一四六年、したがって約一二〇年間つづいたことになる。私どもが経験した、いまわしい満州事変、日支事変、大東亜戦争も、歴史のうえからみたときは、まことに短い間だったことになる。

ハンニバルがローマ軍の意表をついて有名な「アルプス越え」を敢行したときの軍勢は、歩兵五万、騎兵九千、それに象三七頭の大軍であった。そして彼は、弱冠二九歳の若者であったのだ。

彼が若くして名将であった証のひとつは、情報の重要性に着目していたことである。大軍を率い象までつれて、絶対に不可能といわれた氷と雪のアルプス越えができたのも、イタリア側に住む原住民たちが家畜をつれて行き来している情報をつかんで決断したことであった。また天候、気象情報にも精通していた。さらに私の知らなかったのは、ハンニバルがローマ攻撃のためにイタリアの各地を転戦したのは一六年の長きにわたっていたことであった。二九歳から四四歳まで、イタリアで戦いつづけたのである。ただしこの時代は、ハンニバルもローマ軍も冬になると自然に休戦となり、兵を養っていたのであるが。

ハンニバルのカルタゴ軍が決定的に敗れた史上有名なカンネの戦いとザマの戦いは、二千年後の現在でも、世界中の陸軍士官学校の戦術教科書にのっている範例である。

いっぽうローマ軍の最高指揮官であったのが、これまた一七歳から戦場にでていた若き名将スキピオであった。まさに二〇歳代の青年たちが、数万の兵を手足のように動かして歴史をつくっていたことに、驚きと感銘を覚えるのである。

私はこれらの事実から、どうしても指導力とかリーダーシップを考えざるをえなくなった。

ハンニバルの指導したのは、当時はすべて傭兵であった。彼はつねに厳しく、秋霜烈日というにふさわしい武人であり、周囲は畏怖の念をもって接したという。一六年間の戦場での休息というものは、すべて野宿に等しいものであったにちがいない。ハンニバルが仮眠をとっているときには、兵たちはこの天才的な名将を気遣って、武具や武器の音をたてないようにしたという。これは畏怖の念もさることながら、天才的な才能をもちながら困難を乗りきれないでいる男にたいする優しい感情によるものではないだろうか。優れたリーダーとは、優秀な才能によって人々を率いていくだけの人間ではない。率いられていく人々に、自分たちがいなくてはと思わせることに成功した人でもある。

一方、スキピオは若いころから人なつこく開放的で、会った人は敵でさえも魅了せずにはおかなかったという。ハンニバルの孤高を崩さぬ峻厳さとは正反対に、兵たちの輪にとけこみ、数万の兵の顔と家族構成まで頭にいれていたという。ローマ軍は傭兵ではなく、一般市民から構成されており、ユダヤ人だけは税金を二倍払って兵役は免除されていた。湾岸戦争(1991)のときのどこかの国と同じであった。

リーダーとして成功する最重要条件として、何かかもしだす雰囲気があるものである。日本語で言えば「晴朗」ということになろうか、と塩野七生氏も書いている。スキピオは若いころからこれを完全に身につけていたらしい。もちろんいざという時には、兵を死地に向かわせる力もあったのである。男の集団を動かす原動力は、この説明しがたい「不条理」にあるのではなかろうか。

ローマで塩野七生さんに会う

「塩野先生」と思わず言ってしまった。「私はあなたの先生ではありません!」と、柳眉を逆立てた塩野さんが燃えるように光る大きな目で初対面の私に噛みついてきた。「しまった」と一瞬気がついたが、もう遅い。頭の中が真っ白になり、次の言葉が出てこない。そして、こともあろうに、とっさに「吉野さん」と言ってしまった。知人のハープ奏者の吉野直子さんの名が思わず出てしまった。

ローマの高級レストランでの初対面の会食のときであった。隣席のK取締役がテーブルクロスの下で左足を蹴りながら「シオノサン、シオノサン」と言ってくれたので、やっとわれに返った。前から「先生」と呼んではいけないと言われていたのだが。日本では政治家をはじめとして、作家、音楽家、写真家、画家など、すべての芸術家を「先生」と呼んでいるので、つい口に出してしまった。

第一回の対談のすべり出しはうまくなかった。激しい気性で怖い女流作家という印象が強かったが、その後いろいろ話す機会もあって、第一印象も大きく変わった。塩野さんも案外女性らしい気をつかう人であった。

塩野さんの作品は『ルネッサンスの女たち』からはじまって、中世のローマ教皇庁、フィレンツェ、ヴェネチア、中東を舞台とした作品が多く、有名な文学賞を数多く手にしている。デビュー作品である『ルネッサンスの女たち』は、当時「文藝春秋」の編集長として有名だった田中健五氏から与えられたテーマであるという。

イタリアに永く住み、日本を外から客観的に見る辛口の批評は、たくさんの塩野ファンをつくっている。一九九〇年代の半ば、新党さきがけの鳩山由紀夫氏は、政治記者の投票によって最も期待される次期首相ということで「文藝春秋」に載った。塩野さんはこれを見て、呆れていた。なぜならその政治理念は「愛《ラブ》」であるということで、いったい日本の政治記者の頭の構造とそのレベルはどうなっているのだろう、彼らのなかにもたくさんの自分の作品の愛読者がいるはずなのに。一国の首相の政治理念が「愛」なんて、世界に通用するものでない。サミットに出席して「ラブ」なんて言ったら、他国の笑いものになり、恥ずかしくていやですよと。世界政治は日本が考えるほど甘くなく、サダム・フセインもいればテロも頻発し、領土問題もあればフランス、中国の核実験も平然とおこなわれる。

塩野さんと私の対談記事が「日本経済新聞」(1996)にでた直後、中曽根元首相が新党さきがけについて「ソフトクリームみたいで夏がくれば融ける」と揶揄《やゆ》していた。塩野さんは日本の友人や政治家から、「火をつけたのはあなただ」と言われていると笑っていた。

塩野さんが真正面から取り組んでいるのは、ローマ史である。『ローマ人の物語』を一年一巻ずつ一五年かけて書き上げ、七〇歳になったら日本に帰るという。二〇〇六年までには完結予定で、韓国でも翻訳されていてベストセラーとのこと。世界的に評価され定着しているギボンの『ローマ史』以上の読み物としての作品になるのではないかと期待する。しかも日本人の女性の手になるものとして。

このような重量感のある作品を書き上げていくエネルギーには脱帽する。資料も膨大で、ラテン、ギリシア、イタリア語、英語、ドイツ語と多岐にわたる。出版元の新潮社のほうで助手を送りますと言ったけれども、これだけの語学の才能のある人はいないので中止になったとか。山崎豊子さんは『白い巨塔』からはじまって、『不毛地帯』、『大地の子』にいたるまで、骨太の小説を書くことで有名だが、数人の助手を使っていることは周知の事実。ときどき、助手による盗作さわぎが表面にでて、マスコミを賑わすことになる。

対談記事の掲載後、ローマの塩野さんから手紙がきた。近々、日本に帰り、韓国にも招待されている。ついては瀬島龍三氏に会えるように斡旋してほしい。瀬島さんの人生についてはほとんど知らない。瀬島さんがモデルといわれている山崎女史の『不毛地帯』も読んでいない。最近出版された回想録『幾山河』も読んでいない。むしろ現在と未来について考え方を知りたい。日本の、アジアの、そして世界の現在と未来について、瀬島氏の考え方を知りたい。それもインタビューとか対談とか公式のものでなく、瀬島氏と私と貴方の三人だけで。その場で話したことは、どこにも書くものではない。これから正面切って立ち向かわねばならないローマ人が考えた基本戦略《グランド・ストラテジー》を理解し、それに迫るためにも、瀬島氏のような人の考えを知りたい。私の考えの正否を判断していただくと同時に、私自身の勉強ということ。一介の素浪人の物書きに稽古をつけてくれるかどうか、ぜひお願いしたいのですと。

あれだけの名声を馳せている女流作家の真摯な素顔にふれる思いがして、瀬島氏に頼みこんだ。多忙な瀬島氏も、むしろ積極的に気をつかってくれた。

対談は初対面ながら和気あいあいのなかでおこなわれ、たいへんざっくばらんで楽しいものであった。また、内容も深く、多岐にわたり、独り占めしておくのももったいないほどであった。安全保障の問題、韓国問題、政治、経済、司馬遼太郎作品について等々、話題はつきなかった。

最後に瀬島氏は「塩野さん。あなたは愛国者ですね」と言っていた。塩野さんも満足げであり、翌年のローマでの再会には通訳をかってでますと言っていた。

「血沸き肉躍る」戦闘場面

塩野七生さんは歴史上の人々を書くとき、すべての人を自分の恋人のようにしてしまう。マキアヴェッリ、チェザーレ・ボルジア、ユリウス・カエサル等々。そしてわれわれも塩野さんの語り口と思い入れに初めから引きこまれてゆく。

マキアヴェッリは一六、一七世紀の人々にとって恐ろしく悪名高い、忌むべき人物であった。目的のために断固たる手段を講ずることを説き、殺人も宗教もひとつの手段として利用することを正当化している点で、日本においても悪者の代名詞ですらあった。しかし塩野さんの手にかかると、『わが友マキアヴェッリ』となってしまうのである。私も影響を受けたひとりであった。

わが社の七〇周年記念事業をきっかけとして、一〇年近くにわたって続けてきた「世界からの視点」という対談シリーズがある。世界の著名な政治家、学者、科学者、作家など斯界の権威のかたがたと、そのときどきの話題について対談し、『日本経済新聞』に掲載してきた。塩野さんの熱烈なファンであったので、新聞社を通して塩野さんにお願いし、対談を重ねた。

第一回の対談のあとフィレンツェに行き、物語の舞台となった郊外のマキアヴェッリの古い家を訪ねた。よく保存されており、質素だったと思われる生活をしのんだ。マキアヴェッリが一日の著作が終わると毎晩のように飲みに訪れたという、道路をへだてた小さなレストランで昼食をとった。その名もマキアヴェッリというレストランであり、牛肉を焼いた料理と、マキアヴェッリという赤ワインのうまかったことは忘れられない。

今に残るユリウス・カエサルの像や肖像は、われわれにとってもたいへん魅力的であるが、塩野さんにとっては格別の人といってよいであろう。『ルビコン以前』、『ルビコン以後』の二巻に詳しく描かれている。前人未踏のローマの統一、長期にわたるガリア遠征、簡にして要をえた文章力、そしてかずかずの名勝負の戦闘場面の末に、ルビコンに向かって賽《さい》が投げられてゆく。そのカエサルの人間的魅力に、素人のわれわれも引きこまれてしまうのである。

塩野さんの書くものに、なぜたくさんの人々が惹きつけられファンとなるのであろう。それは今までの通史にない、みずみずしい生きた語り口があるためである。専門家以上の学識をもっているうえに、自身で詳細な調査を重ねておられる。さらに膨大な資料を原語で読み、分析していく強みもあろう。あるときは古代税制、貨幣制度の専門家となり、あるときは戦略家となり戦史家となる。塩野さんの書くものはすべて読者を駆り立てて、同類の意識をもたせてしまう。アマチュアを駆り立てられるのは、われわれと等身大のアマチュア精神をもっていて、視線の高さも同じであり、結果として人間くささが熱っぽく伝わってくるからであろう。

細部まで生き生きとした雰囲気描写は、その地域感、土地感覚、風土感覚の豊かさからくる部分も大きい。今も変わることのない地中海文明の中心であるローマに身を置いてこそ、はじめてできるものであろう。

塩野さんの通史は、むやみに過去を裁き歴史を裁くことはやらない。歴史の動きや歴史観を大上段に語ることはない。透徹した自分の考えをもっていて、骨太であって悠揚せまらざる、重量感のある態度で書きつづり、読者としてまことにたのもしい。何よりも倫理的に矮小化されることなく、また宗教的に狭隘化されず、空疎なイデオロギーで裁断されることはない。

戦前の『少年倶楽部』の時代に育った者にとって、もっとも面白いのは戦闘場面である。昔流にいう「血沸き肉躍る」ものであり、「手に汗を握る」ものである。『コンスタンティノープルの陥落』、『ロードス島攻防記』、『レパントの海戦』の三部作も面白かったが、『ローマ人の物語』でもユリウス・カエサルのかずかずの戦いなどは、息もつかせず読み通させる。とりわけ第二巻で扱われる名将ハンニバルとスキピオの名勝負の場面は、強く印象に残っている。世界の陸軍士官学校で必ず教えるといわれる、カンネの戦いとザマの戦いは圧巻である。戦略家クラウゼヴィッツのいう「戦争は政治の延長である」ということが、無味乾燥な戦史の教科書でなくて、生き生きとした通史の中でよく理解できる。女性の塩野さんが戦闘場面をこのように語れるとは、不思議なほどである。

『ローマ人の物語』の読み方は、いろいろあるだろう。「大国の興亡」は、いつの時代でもそれぞれの国民にとって大きなテーマである。韓国でも『ローマ人の物語』はベストセラーであるとか。日本より遅れて経済復興にとりくんだ韓国は、新しい国造りの拠りどころを世界に求めて探したという。まず西に飛び、ヨーロッパからはじまって米国に行き、手をつくして探した結果、なんと隣国日本にその書があったということだ。

わが国の首相として懸命に行革にとりくんだ橋本龍太郎氏も愛読者のひとりとか。この混迷の時代を乗り切り、構造改革にとりくまなければならない日本にとって、第六巻『パクス・ロマーナ』は必読の書であろう。天才のあとをついだ天才でない人物が、あまたの困難を乗りきっていかにして天才が到達できなかった目標に達したか、初代皇帝アウグストゥスの業績は、為政者にとって一読に値する。

塩野さんとの対談のなかで、あとあとまで耳に残っていて強く想い出す言葉がある。それは、「さむらい」とか「名誉」とか「品格」といった言葉である。文庫化された塩野さんの『人びとのかたち』の中でも、このような拠りどころが、さまざまな映画を題材に描かれている。『ローマ人の物語』のなかで、塩野さんはあからさまにはふれていないが、遠く離れたローマから祖国日本をのぞんで、ローマの興亡と日本の現状をダブらせているのではなかろうか。胸中には祖国日本がつねに影をおとし、品格とか、スタイルとか、クラスのある国家へ蘇ることを願っているのではなかろうか。あのキラキラ光る黒い大きな瞳には、この願いが宿っているように見えるのである。

フィレンツェ・オペラの醍醐味

来日したフィレンツェ・オペラを観る機会があった。上演されたのはヴェルディの『アイーダ』。さすがに伝統あるルネッサンス発祥の地、フィレンツェの歌劇場の出演だけあって、歌と舞台装置に圧倒された。

エジプト軍の隊長ラダメスと、エジプト王の娘アムネスリ、そしてアムネスリに仕える女奴隷アイーダ、じつは敵方エチオピアの王女であるが、この三人が主役となって、古風な愛と誠実さを織りなす悲劇である。主役たちはもちろんのこと、出演者全員の鍛えぬかれた声量は、やはりすばらしいものである。NHKホールは年末の紅白歌合戦の舞台としては広く感じられるが、壮大な古代エジプト文明への夢を再現する舞台としては、非常に狭く感じた。

演出はそれぞれの演出家によって訴え方に大きな違いがあって、素人の観客のひとりとしては、どうしても前に何回も観てきた演出にとらわれる。モダンバレエを数カ所に取り入れたシーンのシンボリックな振付は、「戦闘」とか「凱旋」の場面で絢爛豪華な展開を期待していた者にとっては、まったく意外な感じであった。古典的な歌劇でも、現代的に新しさをだす再構築が必要なのであろう。

演劇をまったく知らない者にとっても、この『アイーダ』の舞台装置はすばらしい。やはりイタリア的美的感覚によるものであろうか。だいたいの場面は紗幕の絵であるが、平面であるにもかかわらず現代技術によるスクリーンの進歩と、照明のテクニック向上によって、まるで手でふれることのできるような実在感があった。伝統的な古代エジプトの幻想の世界に浸るには、スクリーンによる手法が適しているのであろう。

パリの新オペラ座で上演されたモーツアルトの『魔笛』を想い出す。「鳥刺しパパゲーノ」や「夜の女王」や「大蛇」などが出てくるのだが、舞台はきわめて簡素であった。「夜の女王」の登場場面は舞台の奥の黒幕の中央が裂けて、鮮烈な赤や白の幕がのぞく。『魔笛』はいくつもの解釈が生まれる意味深い内容のものであるが、あまりにも象徴的で超近代的で、想像力と感性の貧弱な者にはついていけなかった。オペラは謡曲の仕舞を舞う幽玄の舞台だけでは物足りない。やはり演ずる劇によって、豪華、絢爛、華麗、静寂、幽玄、悲哀といったものに自然に誘ってくれる、さまざまな舞台装置であってほしいものである。

ずいぶん前であるが、ドイツ人たちの夏休暇のパック旅行に混じって、北イタリアのガルダー湖に行き、滞在した。ガルダー湖は景色のよい大きな湖で、ヴェネツィアとかヴェローナに比較的近く、バスで日帰りできるところである。ヴェローナには「ロミオとジュリエット」の舞台だと言われている小さなベランダがあり、あの有名な悲恋の場はこんなベランダだったのかと思うほどである。とりわけヴェローナは夏の間、アレーナ（古代ローマの円形競技場）を使って行われる野外オペラがたいへん有名でポピュラーである。廃墟の野外オペラの大スペクタクルとして、これ以上の見世物はないのではなかろうか。そして『アイーダ』が、ここの最も有名な代名詞として「アレーナ・ディ・ヴェローナ」と呼ばれている。

オペラの開演は夜の九時。ガルダー湖のホテルで夕食をすませて出かけたが、バスで一時間ほどの距離。夏の日の長いヨーロッパの九時はまだ明るく、茜《あかね》色の空が残っていた。日中の太陽の陽ざしであたためられた古代ローマの石の座席は、気持ちよかった。開演とともに照明が落とされ、アレーナが座席のローソクと篝火《かがりび》で浮かび上がった。幻想的な「アレーナ・ディ・ヴェローナ」の幕開けである。歌声がアレーナいっぱいに届いて澄んで聞こえる。二千年前の古代ローマ人は音響効果を計算して円形競技場《アレーナ》を作ったのだろうか。「凱旋」の場面では、本物の馬や象が登場して圧巻であり、オペラハウスでは味わうことのできない開放感と古代へのタイムトリップを感じたものであった。「アレーナ・ディ・ヴェローナ」の醍醐味であった。帰りのバスは夜半近かったが、日の落ちた星空を眺めて夢の中にいる気持ちであった。

北イタリアのヴァイオリン工房

「日本経済新聞」(1999)に次のような囲み記事が載っていた。「門外不出の名器」初披露。ヴァイオリン「カンノーネ」、アッカルド氏来日講演、という見出しであった。

一九世紀のイタリアの巨匠、ニコロ・パガニーニが所有し、その音色と音量のすばらしさから「イル・カンノーネ」（イタリア語で大砲）と名づけて愛用したヴァイオリン（グァルネリ・デル・ジェズ一七四三年製）が初めて日本に運ばれ、イタリアを代表するヴァイオリニストのサルバトーレ・アッカルド氏の演奏により、美しく力強い音色が日本のファンに披露された。カンノーネはパガニーニが一八三七年、故郷のジェノバ市に遺贈。一八五一年以来同市の文化シンボルとして市庁舎に収蔵され、市民や観光客に展示されている。庄司沙矢香さんがパガニーニ国際ヴァイオリンコンクールで日本人で初めて優勝したが、同コンクール優勝者に演奏が許されるほかは、国外はもとより市外にも移送される機会が限られ、門外不出の名器として知られている。カンノーネによる名演奏に聴衆は魅了されていた、というあらましであった。

ヴァイオリンの名器といえば、誰しもストラディヴァリの名を思い浮かべるであろう。楽器といえば田舎の分教場のオルガンと友だちと吹いたハーモニカしかなじみのなかった私も、ストラディヴァリの名前だけは聞いていた。昭和の初めのころ、田舎の小学校の教員であった父は入院中にヴァイオリンを弾いていたことがある。当時でも、安いものもあったのだろう。

戦中から戦後にかけて、日本を代表していた美貌のヴァイオリニストの辻久子さんなどがストラディヴァリで演奏していたという記事をかすかに覚えている。しかしグァルネリ・デル・ジェズ（1698–1744）が製作したヴァイオリンも、今日ではアントニオ・ストラデヴァリ（1644–1737）のそれに優るとも劣らない最高ランクの楽器として、世界中のヴァイオリニストやコレクターの垂涎《すいぜん》の的になっている。

ストラディヴァリは黒檀や象牙などで細工されてエレガントなものもあるが、グァルネリの楽器はデザインも独創的、仕上げも大胆で、象眼《ぞうがん》細工のほどこされたものなどひとつもないといわれる。しかしそのきわめて豊饒《ほうじょう》かつ圧倒的な音量は、「イル・カンノーネ」と呼ばれるほど、現代の大ホールで絶大な威力を発揮するのである。

音楽や楽器にはまったく知識はないが、たまたまヴァイオリンの製作のメッカである北イタリアのクレモナを訪れる機会があり、日本人の若いヴァイオリン製作者の工房を訪ねたことが、興味をもつきっかけとなった。クレモナは北部イタリアのロンバルディア平野の真ん中に位置し、ポー河に沿っている。冬枯れの畑の続く広い平野をよぎり、やがてポー河を渡る。二千数百年前の古代ローマの時代から、このあたりはたびたび有名な合戦があり戦場となったところだと、周囲の一木一草まで思いを馳せた。ローマ史上に名を残す名将たち、ハンニバル、スキピオ、カエサルなどの戦いの跡であり、その後の帝政になってからの内戦の地となったところである。やがてクレモナの市街に入る。古い街ではあるが、よく近代風に隅々まで気配りの行き届いた住み良さそうな街である。いたるところに中世風の石の建造物が残されている。

日本人ヴァイオリン・マエストロの松下敏幸氏の出迎えを受ける。まだ若い白皙《はくせき》の青年である。兵庫県の生まれで若くしてクレモナに渡り、国際ヴァイオリン製作学校のマエストロ試験に合格、作品は数々の国際コンクールに出品されて、上位入賞を果たしてきている。

工房は小さいもので、イタリア人の職人がひとり仕事をしていた。作りかけのヴァイオリンやヴィオラも白木のままで、作業台の上に無造作に置いてあった。松下氏は作りかけのヴァイオリンの表面の微妙なふくらみや削り方について説明してくれた。そのあとで近くにある市庁舎の中のヴァイオリン博物館に案内してくれた。ケースの中には歴史的なヴァイオリンが飾ってあり、もちろんストラディヴァリも、グァルネリもあった。石造りの天井の高いホールには、特別観覧のわれわれ一行だけであった。

秋も深まった一九九九年一一月、松下氏から突然手紙が届いた。自作の、しかも同じ木で作ったヴァイオリン二台、ヴィオラ、チェロによるカルテットを東京でやることになったから、ぜひ聴いてほしいとの招待であった。普通は一本の木からこのように作ることはありえないとのことで、贅沢に作られた楽器であるので、四台の楽器の奏でる音色を楽しんで欲しいとのことであった。

当日のヴァイオリンの幻惑的な響きに、感覚は酔ったようになった。同じ木から作った四台の楽器、しかもひとりの作者の手によるという先入観と、会場を埋めたマニアたちのかもし出す独得の雰囲気のためであろうか。終わってから、割れんばかりの拍手がしばらく続いた。

ヴァイオリンの最高の音色は、製作されてから一五〇年から二〇〇年くらい経って出るものだと聞いた。松下氏の作品が本当に評価されるのは、一五〇年後になるのだろうか。気の遠くなる仕事である。

懐かしのオードリー・ヘップバーン

ホテルまで歩いて帰るとき、スペイン広場に出た。映画『ローマの休日』でおなじみのこの広場は、いつも観光客で賑わっている。若者たちの真似をして階段のすみに腰をおろした。晩秋であったが、石段は南国の日射しに暖められていてぬくもりが伝わってきた。プリンセス・オードリー・ヘップバーンは、あのときは切り下げ前髪でジェラートを片手にもって子鹿のように振る舞っていたのだが。今は階段で飲食したり寝ころぶことは、禁止されているらしい。

想い出は昨日訪れたもうひとつの映画のシーン、サンタ・マリア・イン・コスメディン教会の壁にある「真実の口」の場面にもどる。嘘つきは手を入れたら抜けなくなるという中世からの伝説で有名な丸い顔の石の円盤である。『ローマの休日』で最も有名なシーンをひとつだけあげるとすれば、グレゴリー・ペックとオードリー・ヘップバーンがこの古代ローマ彫刻の口に手を突っ込んでみろと、お互いにけしかけあうシーンである。ペックは先に手を突っこみ、引きだすときに手を袖口に引っこめて、手首から先が噛みきられたように見せかけたのである。事前に何も知らされていなかったオードリーは、演技ではない、真に迫った悲鳴をあげた。「あのシーンだけは監督のウィリアム・ワイラーも撮りなおしをしなかった」とオードリーはのちに語っている。

戦後のハリウッド映画で、『ローマの休日』ほど日本人の老若男女の心にそこはかとない哀愁と淡い想い出を抱かせたものはないのではないか。それは肉感的なものではなく、また強烈なアクション映画ともほど遠いものであった。この映画の製作費の三分の一を日本だけで回収したという。『風と共に去りぬ』をしのいで、いまだにあらゆる時代を通じてもっとも人気の高い映画でありつづけている。

映画の筋は単純なものであった。ルリテニア国の王女が外国を訪問し、警備の人たちをまいて二四時間自由に羽をのばし、アメリカの新聞記者に恋をして、最後は甘く切ない結末で、プリンセスとしての分別をとりもどす。

オードリーの演技は最初から最後まで観客をとりこにした。プリンセスは囚人さながらに自由を束縛されていることに腹を立てて癇癪を起こし、鎮静剤を与えられるが、薬が効く前に抜けだしてしまう。アメリカの新聞記者のグレゴリー・ペックが広場で眠っている彼女を発見し、編集長にスクープを約束する。画面はフランツ・プラナーの美しい映像とロマンチックなバックグラウンドミュージックに助けられて展開する。

この映画は白黒フィルムで撮られた。映画会社のパラマウントは製作費節約のために白黒とすることにし、名監督のウイリアム・ワイラーもこれに同意してしまった。ワイラーが後悔したときには、すでに手遅れだった。しかし皮肉にも白黒がかえって映画の品質を高めたのではなかろうか。オードリーの清純さ、気品、シンプルなシンデレラドレスの衣裳、白黒の陰影が見る人の想いをさらに広げていったのである。

一九五三年八月、映画が公開されると、観客も批評家も子鹿のような目をしたかわいいスターにすっかり魅了されてしまった。今までまったく無名のスターが、一夜にして大評判となる。それはまさしくシンデレラ物語であるが、筋は裏返しであって悲恋であった。ロマンチック・コメディであるこの映画がアンハッピー・エンディングになることで、意表をつかれるのである。当時若き上院議員であったジョン・F・ケネディも、好きな映画は『ローマの休日』であり、好きな女優はヘップバーンと公言していた。ファンのひとりとして直接電話もかけている。ケネディがマリリン・モンローと親しくなる前であった。

オードリー・ヘップバーンの母親は、オランダの由緒ある貴族の家系に属していた。舞台俳優や女優になることを夢見ていたが、家系が許さなかった。母は自分の夢を娘に託すことになる。オードリーは父の家出などがあり、幼児のころから閉鎖的な生活だったが、五歳からイギリスの寄宿舎に入れられた。のちに七カ国語に通ずるようになり、バレーやピアノのレッスンとともに女優としての基礎を幼少から身につけていった。『ローマの休日』のプリンセス役も、「アメリカなまりのない英語」ということが前提条件であった。

第二次大戦がはじまるとオランダに帰り、一二歳ごろからドイツ占領下における対独地下組織に加担する。このころ、食糧事情は極端に悪かった。ヘップバーンの体重が終生五〇キロを越えることがなかったのは、戦争に起因する拒食症と過食症の両方にかかっていたためといわれる。彼女は終生、戦争から完全には立ちなおれなかった。

監督のワイラーは、オードリーの流行の先端をゆくコスチュームをパリの若手のジヴァンシーにデザインさせることにした。これが二人の伝説的な結びつきの始まりとなった。ジヴァンシーのデザインは古典的なギリシアのラインへの憧憬であった。背が高く痩せて細身のオードリーに、ジヴァンシーの幾何学的な単純さと彼の黒、抑えたパステル・カラーは完全にマッチした。ヘップバーンをはじめ誰もがジヴァンシーに夢中になってゆき、彼の中に洗練の極致を見いだしていたのである。

スイスのチューリッヒから峠を越えた近くに湖に囲まれた美しい街、ルッツェルンがある。この近くの部落のビュルゲンシュトックには多忙なヘップバーン一家の最も好んだ癒しの家があった。念願だった男の子を産んだのも、ルッツェルンの病院であった。息子の洗礼式を行ったのもルッツェルン郊外の礼拝堂であった。母と子はジヴァンシーのデザインした新しい洗礼服を身につけて臨み、息子の首途《かどで》を祈ったのであった。

考古学者シュリーマンを語ろう

ハンブルグから北にアウトバーンを四、五〇分走ると、シュベリーンの城がある。ドイツが東と西に分裂していたころは東側になって、行くことはできなかった。ドイツには封建時代の古い城がたくさんあるが、そのなかでも大きくて堂々としていて、華麗なたたずまいを周囲の湖に映している有名な城である。

シュベリーンには一度訪れてみたいと思っていたが、やっと機会に恵まれた。アウトバーンをおりて、ある小さな部落を通る。緑の起伏のある牧歌的な風景の中に古い家屋が散在していた。部落の標識には、メクレンブルグとある。どこか前に聞いたような名前の村だと追憶をたどる。そうだ、この村はあのエーゲ海のトロイの木馬の遺跡を掘りあてたシュリーマンの生まれた村だと気がつき、急に懐かしい気になった。まったく偶然の出会いであった。

『幸福論』などで有名なフランスの哲学者アランは「少年時代にすべてがある」と言っている。成長への糧《かて》はすべて少年時代にあるとのこと。

これは真実である。少年時代の夢を信じて、伝説のトロイヤ（トロイ）の遺跡やミケナイの遺跡を探しあてて世界的に有名になったのがハインリッヒ・シュリーマンである。彼はこの北ドイツの村の貧しい田舎牧師の子であった。三二〇〇年前のホメロスの膨大な叙事詩の一言一句に感激し、真実と信じて生涯をかけて証明していくのである。

八歳のときに世界史の本の中でトロイヤの炎上の絵を見て衝撃を受ける。そして神話の世界にのめりこんでいくのである。貧しかったため、ギムナジウム（大学受験資格のための学校）に入ったもののすぐに退学し、村の雑貨屋の徒弟となった。このころのある晩の出来事が、彼の人生を決めることになる。

ある夜、村の酔っぱらいの青年が来て、焼酎をせがんだ。品行不良から学校を追われ、あちこち放浪して大酒をくらっていた顔見知りの青年、ニーダーヘッファーであった。彼は感心にもホメロスの詩だけは忘れないという人物であった。彼はホメロスの詩を百行以上朗々と朗唱して聞かせた。熱のこもった、抑揚のある神々しい詩の朗唱にシュリーマンは涙を流して聞きほれた。一四歳の少年には詩の内容は解らなかったが、わが身の不幸な境遇に改めて熱い涙をながし、いつかギリシア語を学ぼうと神に誓ったのである。

ホメロスの膨大な叙事詩が当時の北ドイツの片田舎でこのように吟じられていたとは、驚きである。西欧文明の広がりと奥の深さが偲ばれるのである。神話を教えなくなった日本とは、大きな違いである。生まれつき神話の世界に遊び、ホメロスに絶大な好奇心を燃やし、どんな苦しい境遇でも夢を見つづけたシュリーマンは、この夜のことは忘れることができなかった。

後年、トロイヤやミケナイの発掘で世界的に名をあげ、文字どおり富と栄誉を身につけたシュリーマンは、故郷に錦を飾り、歳とった村の知人や旧友、親類を集めて慰労し、感謝した。そしてあの夜の酔っぱらいのニーダーヘッファーにひときわ感謝し、今一度ホメロスの詩を吟唱させた。すでに歳をとり、ところどころで誤りがあったが、シュリーマンは訂正することはなかった。ただひとり、昔を想い出し、幸福感をかみしめていた。

シュリーマンは考古学の分野ではまったくの素人であった。トロイヤの遺跡の位置の選定にあたっては、学者のあいだで古くから論争が激しかった。羊の群が草をはんでいるだけの広い丘陵と平原。丘の彼方は小アジアの荒野につながっていた。ホメロスの時代の遺跡と、財宝をかくしてあるはずの丘は、深い闇につつまれていた。古来数百人の学者によって数百冊の本が書かれてきたが、それを発掘によって証明しようとする者はひとりもいなかった。

シュリーマンはホメロスの叙事詩をかたく信じていた。学者たちによって書かれた位置は海からあまりにも遠すぎた。そしてシュリーマンの信念はついに現実のものとなり、トロイヤのまがうことのない城壁と、財宝の数々を発掘したのであった。学者たちの批判とねたみとの戦いは、このあと十数年にわたって続くのであるが、世界的な名声と富は、年々築かれていった。

シュリーマンは語学の天才であった。努力家でもあったが、一八カ国語ができたという。ギリシア文明に強い思い入れのあった彼は、古代ギリシア語と近代ギリシア語を使いわけた。晩年はギリシア人の妻、ソフィアとの手紙のやりとりはすべて古代ギリシア語であった。彼の語学の勉強は、徹底した文章の暗記であったという。

ロシアのペテルスブルグで巨万の財宝を作りあげた彼は、思い切って商人としての足を洗って、香港、日本に旅をしている。このころ四七歳で、トロイヤの発掘を手がける前であった。日本に来たのは江戸末期の文久五(1855)年であった。彼はこのとき、日本の将来を見ぬいていた。横浜港で荷役作業をする人夫たちを見て、その勤勉性、確実性、規律に目をとめた。当時の上海、香港の清の人夫たちと比べて、将来日本は大変な国になると予言しているのである。商人としての着眼点の確かさであった。

ここまで考えてふと気がついた。郷里の草深い過疎の村の中学生相手に話をすることになっていた。教職とはほど遠い仕事をしているので当惑していた。そうだ、シュリーマンの話をしよう。果たして今の時代の彼らはがまんして聞いてくれるかどうか。

ペルシア湾の土産話

アラブ首長国連邦のエミレーツ航空機は、快晴の朝の空気を震わせて高度をあげた。ドバイから香港への帰途である。ホルムズ海峡とアラビアの広大な砂漠がみるみる霞んでいく。三日前の砂漠のなかの壮大で神秘的な落日を想い出し、ふと古い唄を口ずさんでいた。

砂漠に陽は落ちて　夜となるところ
恋人よ　アラビアの唄を歌おうよ

誰でも乗り物に乗って席につくとほっとして、もの思いにふけるのではなかろうか。汽車の場合はとくにそうであり、大好きな乗り物である。目的地につくまでは自分ではどうにもならないという気持ちになるからであろう。昨今はどこでも携帯電話が鳴り、落ちつかない雰囲気になってしまったが。

　機内で落ちつくと今度の旅ではどんな土産話をしてやろうかと、あれこれ考える。家族や会社の人たちへである。子どものころからいたずら好きで、幼稚な茶目っ気がぬけず、話にひっかかって口惜しがるのを楽しむという悪い癖がある。ひっかかるほうも、まんざらでもなく楽しんでいるようすだが。

　ドバイ空港についたとき、ただひとりの駐在員であるK君が懐かしそうに出迎えてくれた。やはり砂漠の地のためであろうか、顔も陽に焼けてたくましく感じられる。空港の前には大きな広場があって、ラクダの駐車場になっている。キャメル・パークといい、日本人駐在員は「ラク駐」と呼ぶ。K君は慣れた調子で口笛を「ピュー」と吹き、ラクダを呼ぶ。ラクダは長い脚を折りたたんで休んでいたのだが、やおら立ち上がりのそりのそりと近づいてくる。日本のタクシーと同じように、背中にアメリカ煙草のキャメルの絵が描かれている。大きな荷物はもう一頭のラクダに振り分けにしてくくりつけた。ラクダの背に乗るのは初めてで、尻が痛い。ホテルまで耐えられるかどうか心配。昔の砂漠のなかの隊商たちは、何カ月も旅をしたのだから、感心した。

　ドバイはペルシア湾に面した近代的な街。白い砂の綺麗な海岸線がどこまでも伸びていて、五つ星のすばらしい高級ホテルがつぎつぎと建設されている。それはちょうどカメラのＰＭＡショーが毎年開催されている街、アメリカのラスベガスの豪華なホテルを思わせる。違いはロビーにスロットマシンがないだけである。ドバイの中心地には、新宿と同じように近代建築のビルが建ち並ぶ。この大開発は一九九〇年代のことらしい。

問題は水である。生活用水はすべて海水プラントから精製される。砂漠の遠いところまでパイプが伸びていて緑がつくられている。海水プラントは、ほとんどが日本製。コンピュータ二〇〇〇年問題のおり、日本の通産省（現・経済産業省）は万一水がストップしたら大変なことになると頭を痛めていた。

ペルシア湾は、狭いホルムズ海峡によって外海とつながっているが、奥の突き当たりはクエートとイラク。対岸はイラン。周囲にはドバイのほか、アブダビ、バーレーンなどの大都市が連なっている。注ぎこむ川はチグリス・ユーフラテス程度。毎日海水プラントからあれだけの大都会のために水を精製しているから、海水プラントからの塩の量は膨大である。毎日東京ドームの何倍もの塩が海に捨てられている。この結果、塩分濃度は上がり、魚はみな塩辛くなる。ホテルの日本レストランで昼食をとり、刺身定食を食べた。刺身に醤油はいらない。海で泳いでいる鮭は、新巻鮭で鼻に縄がついている。この鮭を切り身にして焼けば、そのまま塩鮭定食となる。という具合に、土産話ができあがるのである。

八王子市宇津木の中央研究所を訪れたクロアチア代表一〇名のなかに、投資委員会の委員長であるカロジェーラ氏という長老がいた。前のアブダビの大使をやっていた人である。カロジェーラ氏の話では、最近はペルシア湾の塩の濃度があがり、海水浴をしても浮いてしまい、今に死海のようになると笑っていた。上には上のある話であった。

神秘的なトルコの旋回舞踏《メヴラーナ》

トルコ大地震（1999）のときになされた日本からの援助に対して、トルコ側からの感謝のチャリティ公演があり、トルコ大使館から招待された。イスタンブールにある代理店、インセカラ社の従業員の家族も何人か犠牲になっていたので、チャリティ・バザーで珍しいものがあったら買ってみようと軽い気持ちで出かけた。メインの公演は、メヴラーナというトルコの旋回舞踊である。トルコ文化にはまったく知識がなく、舞踊というのだから旧東ヨーロッパの踊りのように、民族衣装をつけた女性や子どもたちが華やかにダンスをするものと思っていた。ところが完全にまちがっていた。男だけの静穏な、魂を浮き立たせるような旋回舞踊であった。

舞台の照明が薄暗くなった。裾まで引きずる黒マントと茶色の細長いトルコ帽子をかぶった十数名の舞踊者と楽団員とコーラスの人たちが現れた。舞踊者の黒マントは釣鐘型に見え、脚には柔らかい黒革でできた足袋のようなサンダル。黒マントの下には白い長い服がかくされている。

メロディの主楽器は葦笛《ネイ》。日本の横笛にそっくりである。太鼓のリズムが時に早く、時に緩やかに人の魂に浸透してくる。耳になじんだ静かな音楽が、さらに高まって流れる。

黒いマントは「死の象徴」であるという。ただ、死は具体的な死ではなく、神の恩寵を知らずに現世を無為に生きつづける人間が、「死」の状態とのこと。高い円筒形の帽子は、墓標を意味するという。

旋舞者たちは一礼したのち、パッと黒マントを脱ぎ捨てた。いまや、全員が長い白の衣裳で立つ。彼らは現象世界の死からぬけでて、神の愛を全身にあびた。神と一如となる準備ができたのである。旋舞者たちは、ひとりひとり旋舞をはじめた。まさしく神の啓示、右手の掌《たなごころ》を上に、左手の掌を下方に向けて回る。白衣裳のたっぷりと豊かな裾がフワーッと広がる。光に舞う蛾にも似る。旋舞者は首を右にかしげて、無我の境地に入ったようにクルックルッと時計と逆方向に回る。まるで魂を解き放たれたように回りつづける。どのくらいの時間が経ったのだろうか。四、五〇分もすると、会場全体も興奮状態となる。見ているほうも息苦しさを感じた。無意識に旋舞に参画していたのかもしれない。トルコでは、観客のなかから失神者もでるという。

小休止を入れて四部に分かれる舞踊も最後の最高潮に達したとき、葦笛《ネイ》がひときわ高く鳴り響いた。旋舞者たちも旋舞をやめて元の位置に戻り、黒マントを着て座る。音楽もやみ、場内はシーンとして、彼らは静寂のなかを静かに舞台から去ってゆく。

このメヴラーナ旋回舞踊は、一三世紀セルジュック・トルコ帝国の首都コンヤにおいて、イスラム哲学者であるメルレヴィ・ルーミーによって確立された。オスマン・トルコ帝国時代に庇護を受けて発展し、神秘主義の儀式として有名になり、トルコの伝統文化のひとつとして継承されている。非常に哲学的、瞑想的なもので、「神は旋舞祈禱のなかにのみ在る」といい、「神と向き合う唯一の場所である」とする。

イスラムの教えは、日本人にはもっともなじみの薄いものである。それは、キリスト教文明を軸とした世界観にそまっているからである。われわれの思想史には、東洋があり、西洋があるだけである。その真ん中に中洋があることを忘れている。すなわちオリエントである。

これを指摘したのは梅棹忠夫の『文明の生態史観』であるが、イスラムにしろインドにしろ、中洋の文化はキリスト教文明に非常に大きな影響を与えてきている。一時期イスラム文明はキリスト教文明のはるか先をゆくものであったことを、日本人はほとんど知らない。オリエント、とりわけ地中海をはさんで対峙したアフリカ大陸のイスラム世界を、当時のヨーロッパの人たちは、恐怖と憧れの交錯する特殊な思いで見つめていた。軍事、科学、技術、諸学問、民衆の生活レベルといった文化文明的側面のすべてにわたり、オリエントはヨーロッパを凌駕していたのである。

十字軍の時代に印された記録には、イスラム世界の先進性を物語るものが多いという。医学の分野では、イスラム世界の医師は足の腫れ物を湿布で治療する。一方でヨーロッパ（フランク人）の医師は、斧で足を切断する。また食餌療法で病を癒そうとする前者に対して、ヨーロッパの医師は病は悪魔のしわざと決めつけて患者の頭蓋に塩をすりこむ。精神病もヨーロッパが医学の対象とするはるか以前から、バグダッド、カイロ、フェスなどのイスラムの主要都市には精神病院が存在し、音楽療法などの治療がほどこされていた。コーヒー、シャーベット、キャンディなどはいずれもアラビア語である。アルコール、アルカリ、ケミストリー、アルゴリズムといったアラビア語も、科学・技術のイスラム世界の優位性を物語る。

スペイン、ポルトガルのピレネー山脈の南に広がるイベリア半島は、イスラム世界の西の要《かなめ》であった。わけても南部のアンダルシアは、アルハンブラのように栄華をきわめたところであった。

とはいうものの、イスラムとヨーロッパの世界はやがて逆転してゆく。ヨーロッパの、あの先を争っての植民地支配を通して、キリスト教文明の公準を押しつけていったのである。

大東亜戦争後の東京裁判において、勝者である連合国側は文明の名において敗者日本を裁いた。ひとりインドのバール判事は、勝者による敗者の裁判は歴史上ありえないということで、堂々と無罪を主張した。まさに中洋の思想、哲学のなせるところでなかったろうか。

欧州共同体の母、クーデンホーフ光子

欧州共同体、EUが通貨統合をはたし、人の移動や貨物の輸送もすべて自由になり、国境はないも同然になった。ヨーロッパの空港でパスポート検査のために列をつくって並んでいると、EUの人たちがわがもの顔にスイスイと通ってゆく。これは差別だと、腹がたつことさえある。最初は欧州経済共同体、EECと呼ばれ、それからECといわれ、現在は範囲も広がってヨーロッパ・ユニオン、EUと呼ばれるようになった。

この欧州共同体の思想をつくり提唱してきたのがリヒャルト・クーデンホーフ・カレルギー伯爵であって、その母はまぎれもない正真正銘の日本人、クーデンホーフ・カレルギー光子であった。「欧州連盟の母」とか「パンヨーロッパの母」とも呼ばれている。

光子は明治七(1874)年、青山喜八の三女ミツとして、東京の下町に生まれた。家は油屋をいとなみ、のちには骨董屋も手がけた。明治の初めであって、まだ学校制度も完備されておらず、小学校だけで終わっている。商家の娘は、家で行儀作法やお稽古ごとを習うのが当たり前のことであった。ミツは三味線と琵琶を習った。

当時の日本女性としてはやや大柄で、大変美しくて小町娘として評判だった青山ミツは、明治の代表的社交場として名高かった紅葉館に女中として働くことになる。洋式の社交場として一世を風靡した鹿鳴館にたいし、紅葉館は古雅な和風であった。

現在の人には鹿鳴館のほうが有名で文明開化の代表と考えられているが、世の中の手厳しい批判にあい、早々に消えていった。紅葉館のほうが、むしろ長く繁栄したのである。

女中というと聞こえはよくないが、当時は現在のニュアンスとはちがっていて、コンパニオンといったほうがよいであろう。あるいは現代の宝塚少女歌劇に似ているかもしれない。

運命は彼女をオーストリー・ハンガリー代理公使、ハインリッヒ・クーデンホーフ・カレルギー伯爵夫人にしてしまった。クーデンホーフ家は並たいていの貴族ではなくて、ヨーロッパの皇室のなかでももっとも由緒あるハプスブルグ皇家につかえる古い家柄であった。わが皇室に対する近衛家にあたる関係であって、貴族のなかの貴族であった。クーデンホーフ家はヨーロッパの歴史上、また芸術史上、美男、美女を生みだしたことで有名な家柄であった。文豪ゲーテや詩人ハイネなども讃美したほどの多彩な美女系列を輩出したのである。光子はまさに童話のなかのシンデレラの日本版であった。

ハインリッヒ・クーデンホーフ代理公使も眉目秀麗な貴公子であった。責任感のつよい本物の紳士であった。潔癖すぎるほどの女性尊重論者であり、女性敬愛主義者であった。息子たちには、「婦人に対する行儀がその男の性格を現す」と教えている。結婚後、光子とふたりで食事をするときでも、皇帝の食卓に召されるときのような礼装をして、妻に敬意をあらわしていた。英国のしっかりした家庭では、今でも主人は必ずネクタイをして二階からおりてきて食卓につく。家族に敬意を表するためである。階層のない日本では、何でも気のおけないラフな服装がよいとされ、有名人がテレビの食卓にでているが、大きなちがいを感じている。

二男のリヒャルトの書いているものによれば、子どもたちにジュール・ヴェルヌ『八十日間世界一周』の主人公、イギリス紳士のフィリヤス・フォッグこそ模範とすべき紳士であると教えてやまなかったという。映画を見て記憶している人もいると思うが、主人公に扮したデヴィッド・ニーブンがよくその雰囲気を現していた。

青山ミツは入籍のときに光子と改めている。古くは日本では子のつく名前は身分の高い家系であり、たとえば天平時代の藤原氏などがそうであった。明治以降、貴人でなくても女の子には子をつけるようになったが、最近はまたつけなくなっている。外国でも通じるようにとのことであろうが、不思議な世相である。

ミツとクーデンホーフ代理公使との出会いは、ある朝、馬で坂をのぼっていると、道に氷が投げ捨てられていて蹄《ひづめ》を滑らせた馬が転倒し、貴公子外交官もしたたか体を打った。家の前でたまたまミツがこれを目撃していて家の者に知らせ、医者を呼んで手当をさせた。ミツはそのとき一九歳、そのころの普通の日本人の娘は内気で異人に近よることもしなかったろうが、ミツはしりごみもしなかった。これも紅葉館で訓練されていたためではなかろうか。

結婚にあたっては当然双方とも問題が山積していたと考えられる。いわゆる身分違いであり典型的な卑族結婚であった。人種、宗教、言葉の違い、文化の違いもあった。ハインリッヒ・クーデンホーフ伯は、忍耐強く不撓不屈の精神をもって困難を克服した。東京で長男、次男に恵まれ、一家をともなって帰国してボヘミアの平原の丘の上の古城ロンスベルクに住むことになる。

光子は頭のてっぺんから足の先まで、古い型の明治女であった。貝原益軒の『女大学』を知らぬ間に身につけて実践していたのである。『女大学』というと忍従と不合理で日本女性をしばる悪魔のような書と思われているが、光子の場合、『女大学』的な鍛錬と武士道的な立居振舞と雰囲気が、ウィーン宮廷の貴族社会の礼式にピッタリと融合して、類例のないかたちで受け容れられたのであった。

夫のハインリッヒ伯爵は、七人の子と妻を残して比較的早く世を去ったが、光子は男の子たちの教育のこともあり、ロンスベルクからウィーンにでることになる。ウィーンは当時世界の社交の中心であった。やがて光子は優雅に美しく装い、快活で機知にとんだ魅力的な花形としてサロンの中心になった。「そのころの彼女は、身のこなしはしなやかに、乗馬にすぐれ、泳ぎ、テニス、冬のソリ滑り、狩猟とあらゆるスポーツをこなし、劇場やオペラにも足しげく通った」と、いつも母には辛辣な批判者であった末娘が書いている。江戸の下町娘のミツがどうしてウィーンの社交界の寵児となり、貴婦人の精華とたたえられるようになったのだろうか。当時の社交界では、彼女が日本人というのは嘘で、ヨーロッパ人の混血ではないかとささやかれたともいう。日本人女性の順応性と適応力もあったと思うが、彼女自身の日ごろの勉強と努力は大変なものであったという。そしてもうひとつ、気持ちのうえの支えとなり、生涯忘れることのなかったものがあった。

外交官夫人として離日する前に、皇后陛下（英傑とうたわれた昭憲皇太后）に拝謁し、お言葉を賜ったことである。「あちらは文明の本場だから、さぞかし目ざましく楽しいことも多いであろう。それとともに遠い見知らぬ国で生活、言語、習慣がみな違うし、人間関係も込み入って、ずいぶん苦しくつらいこともあると覚悟せねばならぬ。しかしあちらに行けば、そなたが日本人の代表だから、いかなる場合でも『大和なでしこ』の本分を忘れぬように」と。いまでは年に一七〇〇万人も気軽に海外旅行しているが、このお言葉には耳の痛い人も多いのではなかろうか。「大和なでしこ」といっても子どもたちには解らぬので、光子は「祖国の名誉」とか「誇り」と表現を変えて語り聞かせたそうである。

一九二三年、第一次世界大戦後の荒廃したヨーロッパにおいて、次男リヒャルト・クーデンホーフ・カレルギーは著書『パンヨーロッパ』を刊行した。第二次大戦をへてヨーロッパにこの著書ほど直接かつ深大な影響を与えたものはない。この思想こそ欧州経済共同体、ＥＥＣの基礎となり、現在のＥＵの根幹をなすものである。リヒャルト・クーデンホーフ自身が学者として、評論家として、欧米につぎつぎと論文を発表し、先頭にたって運動を展開していったのである。

明治の社会史を鮮やかに彩る三大ロマンスがある。第一はモルガン・お雪。祇園芸者のお雪がアメリカの世界一の大財閥、モルガンの正式花嫁として横浜を発ったのは、日露戦争のはじまろうとする前夜であった。花柳の女性がはたしてモルガン夫人としてつとまるかと懸念されたが、やはり順応力があり、貞実に夫につかえた。比較的早く夫と死別したが浮いた話もなく、支那事変のころに帰国した。晩年はカソリックの信仰に専念し、日本女性の国際評価を高めたひとりである。

第二はラグーザ・お玉。明治一五(1882)年、イタリアの彫刻家ラグーザに伴われてシチリア島のパレルモに渡った。お玉自身も傑出した画家で、イタリアの芸術界の花とうたわれ、米国セントルイス万国博では国際第一賞を受賞し、壁画や天井画の大作も遺している。パレルモ美術女子学校の校長もつとめ、マルガリータ皇后から勲章をうけ、彼女を讃える音楽までできていた。しかし祖国日本はその数奇な運命をまるで知らなかった。イタリア滞在五二年。日本語をまったく忘れ、今浦島となって晩年帰国したが、温雅な人となりで、皆に親しまれたという。

第三はクーデンホーフ・カレルギー伯爵夫人光子。愛児リヒャルトが提唱し実践した「パンヨーロッパ運動」がしだいに注目を集め、「パンヨーロッパの母」、「EECの祖母」として、ほまれを得ることになった。日本のマスコミはそのときどきにEUの統合問題を論ずることはあるが、「パンヨーロッパの母」が日本人であることには、まったくふれることはない。若い記者に望むのは無理なのであろう。光子は最後まで、一度も日本に帰国することはなかった。

ハプスブルグ家の水戸黄門

「助さん、格さん、もういいでしょう」。「ええい！　鎮まれ！　鎮まれ！　この紋どころが目に入らぬか。このお方をどなたと心得る。前《さき》の副将軍、水戸光圀《みつくに》公であらせられるぞ。頭《ず》が高い！」おなじみ水戸黄門のドラマの最後のシーンである。勧善懲悪《かんぜんちょうあく》を絵に描いたようなストーリーであり、何年もつづいている。視聴者は安心してこのラストシーンを待って席をたつ。

世界の善男善女は一度は黄門さまのような身分になって旅をしてみたいし、シンデレラのように玉の輿《こし》を夢見たり、白馬の騎士の現れるのを心待ちにする。人は映画や芝居やショーの主人公に自分自身を重ね合わせて、ひとときの憂さをはらし、笑い転げ、涙を流すのである。

世界史のなかに西欧の水戸黄門を探すと、やはり伝説やこぼれ話として似たような人がたくさんいるのに気がつく。観光ガイドが歩きながら話してくれる何気ない裏話や、こぼれ話のほうが、人物像をあざやかに記憶させてくれる。数ある西欧の水戸黄門のなかで、比較的事蹟のはっきりしているのは、ウィーンを中心として一八世紀に栄えたヨーロッパの名門、ハプスブルグ王朝のヨーゼフ二世であろう。

ハプスブルグ家は近世ドイツにおける最高の名家で、長いあいだ神聖ローマ皇帝、オーストリア帝国の皇帝として中部ヨーロッパに君臨した。オーストリア、ボヘミア、ハンガリー、北イタリア、スペインなどを含む広大な領土をもつ帝国となる。ハプスブルグ家は代々数多くの美女を生みだしてきたことでも有名であるが、戦争よりも結婚による拡大がその特徴であった。女帝マリア・テレジアの娘、マリー・アントワネットがフランスのルイ一六世の后《きさき》となったり、ナポレオンも皇后をハプスブルグ家から迎えたりしたことはよく知られている。

栄華を誇ったハプスブルグ王朝は、他民族のナショナリズムにゆさぶられてほころびはじめ、第一次世界大戦に敗れて一九一八年、ついに滅亡した。巨大な帝国は、オーストリア、ハンガリー、チェコスロバキア、ユーゴスラビアなどの国々に分かれたが、数百年にわたって栄えたハプスブルグ王朝は、その後の中部欧州の政治、社会、文化、思想のあらゆる分野に大きな影響を残している。ハプスブルグ家につかえた名門のクーデンホーフ・カレルギー伯爵の唱えた「ヨーロッパ連合」の思想は、のちのソ連のゴルバチョフにも影響を与え、「欧州共通の家」を指向してソビエトの崩壊をもたらし、さらに現在のEU統合への道をひらくことになった。

ウィーンに旅して誰でも訪れるのは、郊外のシェーンブルン離宮であり、都心のシュテファン教会であり、国立美術館であろう。この美術館の中庭には「ヨーロッパの姑《しゅうと》」と呼ばれた偉大な女帝、マリア・テレジアの巨大な像がたっていて、その女丈夫ぶりに圧倒される。二三歳でドイツ女帝となってから、かずかずの戦争を戦って国造りにはげんできた。さらに驚くべきことに、ほとんど休む暇なく一六人の子どもを産みつづけた。

ウィーンのカプチン教会の地下墓地には、マリア・テレジア女帝と夫のフランツ一世、そして長男であったフランツ・ヨーゼフ二世の三人の墓石がある。非常に対照的なのは、母帝と父帝の墓石は華美なバロック様式の墓棺に納められているのに、ヨーゼフ二世のそれは質素でまったく飾りがない。なぜかとガイドに聞くと、えんえんと彼女の蘊蓄《うんちく》をかたむけた歴史のこぼれ話がはじまった。それは、薄暗い地下からはじまって、教会の外の明るい日射しのなかを、次の目的地までつづいた。

長男ヨーゼフ二世は父フランツ一世が亡くなってから(1775)、母帝マリア・テレジアと共同統治者になったが、この母子はことごとく衝突した。バロック時代の敬虔なカトリック教徒であるマリア・テレジアは家父長制君主国の具現者であり、象徴であった。それに反してヨーゼフ二世は当時のフランス啓蒙主義者ルソーやボルテールなどの思想に大きく影響をうけ、封建帝国の全体を一気に啓蒙して作り変えたいと願っていた。マリア・テレジアにとっては息子が反体制派であり、ふたりの思想はかみ合うはずはなかった。ヨーゼフは母帝との衝突を避けるように、できるだけしばしば、それも遠くへ旅をした。フランス、イタリア、ハンガリー、ポーランド、ロシア等々。必要な改革の刺激をえるために、また改革が効果をあげているかどうか、自分の目で確かめるためであった。旅行は質素でお忍びであった。越後の縮緬《ちりめん》問屋の隠居ではなくて、ファルケンシュタイン伯爵と名のった。囚人の気持ちを実感しようと、わざわざ監獄に入って鎖につながれたりして、民衆の友であることを示そうとしたのである。

一七七六年、フランスを旅していてある駅馬車の宿駅についたとき、たまたまそこの駅長が子どもに洗礼を受けさせるところであった。

皇帝とは知らない駅長は、代父の役をつとめてくれないかと彼に頼んだ。司祭は皇帝に名前を尋ねると、彼は平然と「ヨーゼフ」と応えた。「姓は?」という問いには「二世」と答えた。そして「職業は?」という質問には「皇帝」と答えたという。

民衆皇帝ヨーゼフにはまだいろいろの伝説が生まれているらしい。異邦人の旅人のわれわれには、ガイドのこぼれ話がいちばん記憶に残るのである。

ナショナリズムと国境

ひと仕事を終え、ボストンのホテルに帰り部屋から外を見たら、公園の木々の上に星条旗が翩翻《へんぽん》とはためいていた。雲ひとつない青空にはためく星条旗は眼にしみた。ニューヨークで、通りすがりに目を引いたのは、あるイベント会場の前で十数本の星条旗が強い風に吹かれて白いストライプがひとつの方向にゆれている美しい絵であった。トロントでは森の多い街並みのあちこちに楓の国旗がひるがえっていた。

英国のユニオンジャックも絵柄として美しく、何にでも飾られる。フランス、イタリアのラテン国家の国旗は、さすがに芸術的で周囲に調和しひきたっている。ドイツの国旗は重厚で存在感がある。ユングフラウヨッホの白雪の頂に立っていた赤地に白十字のスイスの国旗の鮮やかさは、いつまでも忘れることができない。北京の紫禁城の壮大な楼閣の周囲に立っていた十数本の大きな真紅の五星紅旗が強い風にはためいていたのは、壮観としか形容できなかった。

ある年の世界カメラ博フォトキナ終了後、東京からきた昔の上司のS氏と開発本部長のK氏を案内して、日曜をスイスで過ごすために汽車でグリンデルバルトに向かった。すでに九月で秋も深まっており、シーズンオフのためか観光客も少なく汽車も空いていて、気のおけない三人旅となった。

窓外の美しい景色を楽しんでいるときにどこの駅であったろうか、ふたりの若い娘さんが赤いジャンパーにスラックス姿で大きなリュックサックを背負って乗り込んできて、同じ個室に座った。ひとりは大柄の赤毛の陽気な娘さん、もうひとりはブルネットで小柄な無口そうな人であった。ふたりは英語で話をしていたが、アメリカ人とは思われないので聞いてみると、オーストラリアの小学校の先生とのこと。一年間休職してヨーロッパじゅうを巡っているとのことであった。若いほうの赤毛の人は、すでに四カ月、小柄の年輩の人は九カ月も歩き回っているとのこと。大柄の赤毛の娘さんはくったくのない人で、陽気に何でも話していた。口の悪い上司のK氏は、早速「カバさん」とあだ名をつけた。そういえば小太りの顔だちが何となく「カバ」のようで愛嬌があった。

窓の景色も見飽きたころ、S氏が「カバさん」に質問した。「あなた方はもうヨーロッパを隅から隅まで旅行していますが、西欧の印象は一口にいったら何でしょうか」と。「カバさん」はしばらく考えていたが、「繁栄《プロスパリティ》と秩序《オーダー》と自律《セルフコントロール》そしてナショナリズムです」ときわめて明確に答えた。ナショナリズムという言葉に興味をおぼえ、さらに突っ込んで聞いてみた。彼女たちはどんな土地にいってもナショナリズムを強く感じる。行く先々で人々は自分たちの国を意識し、素朴な誇りをもっていて、その違いを話題にしているとのことであった。結論として彼女たちはこれだけの国がヨーロッパに必要である理由と存在価値がわかる気がしたという。

私はこの若い「カバさん」先生の表現に手をたたいて賛同したかった。

ナショナリズムとは「国境」と言い換えてもよいのではないか。地政学的にも意識のうえでも「国境のない国」はどうしてもナショナリズムの稀薄な国となり、国家としてのアイデンティティが薄くなる。もちろん、強烈なひとりよがりのナショナリズムは危険なことはいうまでもないが、文化に根をおろした素朴なアイデンティティは、民族や独立国として必要なものである。「国境のない国」である日本には「祖国」という言葉も「ナショナリズム」という言葉も死語となった。他の国のようにあちこちに国旗が見られることを期待するのは無理なのであろうか。

ふたりの先生は、インターラーケンの小さな湖畔の駅でおりた。秋の日のプラットフォームで、元気よく手をふっていった。よく見るとリュックサックには、オーストラリアの国旗が縫いつけてあった。

ミニ国家、リヒテンシュタインの財宝

ヨーロッパにはミニ国家がいくつかある。カトリックの総本山のバチカンはあまりにも有名であるが、サンマリノ、アンドラ、リヒテンシュタインがある。たまたま縁があってリヒテンシュタイン公国に招かれ、門外不出で有名なコレクションの収蔵庫に案内されて目のくらむような財宝の一部を見る機会があった。

ヨーロッパではこの季節、二月には珍しく暖かかった。スイスのチューリッヒから車で一時間半の旅。遠くに雪をいただくアルプスの峰がつらなり、どこまでもつづく緑のなだらかな丘陵の牧草地帯のなかに、絵葉書にあるような木造の家々が点在している。春になると深紅のゼラニウムが窓辺に飾られるのだが、季節はまだ早かった。I専務が外債発行で欧州を訪れたおりに、汽車で案内した。車窓につづくスイスの牧歌的な風景を見て「下山君、スイスは国中がゴルフ場だね」と言っていたことを懐かしく想い出した。

国境にも気づかず、税関も見当たらないうちに首都ファドゥーツに入り、丘の中腹のホテルに着く。こぢんまりした山小屋風のホテル。目の前に雪の峰がつらなっていて、都会の雑踏のなかからきた者にとって、心身ともに洗われるような気がした。

昼食をとるために丘をくだって街にでた。よく手入れされた葡萄の段々畑の先の丘に、リヒテンシュタイン侯の居城の古いファドゥーツ城が見えかくれしていた。尖った塔の教会、花の

飾られたキリストの小さな祠《ほこら》など、カトリックの国ののどかな田舎の風景である。紺碧《こんぺき》の空を見上げると雪のある絶壁の上に、たくさんのパラグライダーが飛んでいた。赤白緑青と色とりどりのグライダーが、上昇気流にのって乱舞している。『アルプスの少女ハイジ』の物語のようなおとぎの国にも、近代スポーツの波が押し寄せていた。

ミニ国家リヒテンシュタインの人口は三万人。新宿区のひとつの町内なみである。しかしれっきとした立憲君主国家。ただし日本の象徴天皇と異なり、リヒテンシュタイン侯は憲法によって附与された政治的権限をもっておられる。したがってしばしば政治的発言もされる。友好国スイスに行政的実務を委託しているが、スイスに先んじて国連加盟をなしとげている。

リヒテンシュタイン侯家は一一四二年ころに名前が出てきたといわれている。オーストリアのハプスブルグ家が権力を握り、ヨーロッパで発展してゆくにつれて、側近としてのリヒテンシュタイン家も地位を高めていった。現在のハンス・アダム二世は、一三代目にあたる侯爵である。

ファドゥーツ城は街を見おろす山の中腹にたつ。もともと中世の実戦用の石造りの要塞であって、見るからに堅牢なつくりである。七百年くらいの歴史とか。一度火事で焼けたと侯爵は話しておられたが、それも四百年か五百年前のことである。したがってヨーロッパの他の国のような華やかな城ではなくて、ライン河のほとりにたくさん立っている古城のようなものと思えばいい。おそらく現代人にとって居住性は決してよくないと想像している。

リヒテンシュタイン侯家は経済面では国に依存していない。政府の国家予算からの支出はなく、独立している。それだけ金持ちで裕福ということである。総資産はどのくらいか解らないが、財産を管理する財団があるオーストリアやチェコにも広大な土地建物があり、古い歴史の蓄積がうかがわれる。農業、林業、ワイン醸造所なども経営している。アメリカにも農場をもっていて、バイオ技術によるハイブリッドの種子を自分のところで作り、ヨーロッパにもってきているとのこと。しかし何よりも強いのはリヒテンシュタイン銀行（LGT）は侯家のものであることである。

侯家の資産の頂点に位置するのは、なんといっても膨大な美術コレクションであろう。一六〇〇年代の祖先が「良いもの、美しいものは集めよ」と書き残した家訓があるという。最初はレオナルド・ダ・ヴィンチの名画もあったとのことだが、今はない。絵画だけで二五〇〇点、工芸品、武具類は数万点という。これらはすべて美術館ではなくて、ファドゥーツ城の収蔵庫に収められているのである。そしていまだにコレクションは増えているという。

木造りの重い大きな扉を開けると、そこは絵画の収蔵庫であった。話には聞いていたが、門外不出の名作を見るということで、興奮を抑えることはできなかった。

絵画専門室は左右両側にタテ五メートル、ヨコ一五メートルほどの大型パネルが十数枚格納されている。パネルを引き出すと両面に大小さまざまの名画がかけてある。ルーベンスのコレクションは有名であるが、二、三点のものだろうとおもっていたが、二九点もあると聞いて驚いた。またヴァン・ダイクの名画も十数点収蔵されていた。日本人はフランスの印象派が好きだが、ここではすべて古い重厚な油絵であった。

侯爵ハンス・アダム二世と皇太子にご挨拶するために居室に通された。古い城にぴったり似合う執事が現れてコートをあずける。居間はまことに質素で、日本の金融機関の応接室のほうがはるかにきらびやかであった。

絵画をはじめとしてこれだけの美術品。興奮を抑えながら、わが社が考えているデジタル技術をもってするアーカイビング(記録保存)の事業のきっかけにならないものかと、リヒテンシュタイン侯と話し合ったものである。

ジャンヌ・ダルクと魔女裁判

パリのチュイリー公園にそって車を走らせる。やがて、馬にまたがって旗をもった等身大のジャンヌ・ダルクの銅像が建物の間に見えてくる。小さな銅像は、注意しなければ見逃してしまうほど周囲にとけこんでいる。あの可憐な少女の細腕に握られている旗は、百合の花の紋章のついた王家の旗なのだろうか。

「オルレアンの少女」と呼ばれるジャンヌ・ダルクの物語は、数限りなく語られてきた。彼女が流星のように現れて消えていったのは、フランスとイングランドによる百年戦争の末期であった。

ジャンヌは一四一二年、フランス北東部のロレーヌ地方のドンレミーの農家に生まれた。一三歳のころ、すでに天からの声を聞いたという。まだ、開明期を迎えていなかった中世ヨーロッパの素朴な農村の土俗的な風習のなかでは、このような不思議はたびたび起こったのであろう。とくに、後進性の残っていたこの辺境の地区では、まだキリスト教は普及していなかった。あらゆる種類の魔術、魔法、占い、迷信、予言、魔女、妖精などが跋扈《ばっこ》していた。

一四二九年、オルレアンがイングランド軍に包囲されたとき、ジャンヌは時の王子シャルルを助けるようにとの神の啓示を受けたという。シャルルは前国王の子であったが、支持する勢力は弱く、彼自身も柔弱な性格であった。当時のフランスは百年戦争に疲弊し、ペストに荒らされ、イングランド軍の劫略《ごうりゃく》をほしいままにしていた。和約の代償として、イングランドの王がフランスの王位を継ぐことになっていた。ジャンヌはシャルル王子に面会して、フランス王としての使命を熱心に説いた。キリスト教の聖職者たちをも説得した。

ついに軍の指揮を委ねられた一七歳の彼女は、男装して武具に身を固め、王家の紋章のついた白い旗を手にして出陣した。銅像のジャンヌの掲げる旗は、この旗かもしれない。まだ少女であるジャンヌを軍の指揮官に任命したときに、戦場での保護者としてのジル・ド・レーを選んだ。ジル・ド・レーはフランスの危急存亡のときにあたって、自前で軍を起こして転戦し、数々の功をたてている。彼は騎士道にのっとり献身的にジャンヌを崇拝し、影が形にそうように仕えていた。しかしジャンヌの刑死後、神秘主義に走り、一五〇人ともいわれる幼児殺しをやったことで、後世に名を残した。彼はジャンヌの処刑後九年にして異教徒として裁判にかけられ、火刑に処せられた。

ジャンヌはイングランド軍を破って、オルレアンを解放した。シャルル王子はジャンヌに伴われてランスの大聖堂におもむき、シャルル七世として即位する。これを機としてフランス軍は優勢に転じ、各地を占領していたイングランド軍を押し返してゆく。

ジャンヌはあくまでもイングランド軍を追撃しようとしたのに対し、国王シャルル七世はイングランド軍と和解して国内をひとつにまとめる戦略をとった。英明でもなく決断力もなかったシャルル国王は、しだいに自信と力をもつようになり、もはやジャンヌを必要としなくなっていた。ジャンヌは一四三〇年、イングランド側にたっていたブルゴーニュ派に捕らえられ、異端および魔術使いの疑いで、ルーアンの教会裁判所に委ねられることになった。

一四回の異端審問ののちに、男装という不当な行為をしたこと、教会を経由せずに直接神に応答しうると信じたことをもって有罪となり、一四三一年五月三〇日、ルーアンの街の広場で火刑に処せられた。ジャンヌは軍の指揮官に任命されたときに、シャルル王子にいった。「私を存分にご利用ください。私は一年しかもたないでしょうから」と。自分の終わりを見通していたのである。

ローマカトリック教会は、ジャンヌの死後改めて審理をおこない、一四五六年に正式に無罪を宣した。また一九二〇年、聖人の称号を与えることになる。

彼女が異端審問で裁かれたときの最大の問題は、彼女が教会に属していなかったことであった。また不思議なことに、いよいよ生け贄というときに、友人にせよ崇拝者にせよ、誰ひとり彼女を救うために積極的に動きはしなかった。偶像崇拝者、異端者、背教者、堕落者として、火あぶりの刑になったのである。

中世ヨーロッパでは、魔女信仰《ウィッチ・クラフト》は一般的であった。一三世紀からはじまった教会側の弾圧、迫害は、ヨーロッパ各地で想像を絶する悲惨な結末をもたらした。ジャンヌ・ダルクもその犠牲者のひとりである。

エジプトの昔から五千年間にわたり、オカルティズムは古代ヨーロッパの思想史をつらぬく地下の暗流のごとく秘密の学問としての伝統を保ってきた。一七世紀、近代宇宙観の生みの親ともいうべきケプラーやニュートンでさえ、占星術や錬金術を信じていた。科学革命の時代として特筆される一七世紀でさえも、魔女裁判がもっとも猖獗《しょうけつ》をきわめた時代であった。

西洋文明も、合理主義一辺倒で進展してきたわけではなかったことを忘れてはなるまい。

田園の息吹、バルビゾン

上野の森でオルセー美術館展(1996)があり、久しぶりに数々の名画に接した。とくに好きなバルビゾン派の田園風景や自然を主体とした絵には、言いしれぬ懐かしさをおぼえた。

フランスの近代絵画の画家には、大きく分けてふたつの系統があると思う。関心が都会に向いていた人たち、すなわちカフェに入り浸って人物を描いていたマネや、ドガのように競馬や舞台の踊り子を描きつづけて名作を残した人たち。一方では、コローやルソーのように田園にでて自然のなかに浸り、そこに暮らす人々を直視して、その姿に美を見いだして絵に描いた人たち。

一九世紀の初めまで、風景というのは神話や歴史画、伝説画を描くための背景であり、舞台となるものであった。風景画としての独立したジャンルはなかったのだが、フォンテーヌブローの森、セーヌ川沿岸、ノルマンディーの海岸などをテーマにして、絵画革命をおこした画家たちがいた。

テオドール・ルソー、ドービニー、ミレー、コローなどが一九世紀の初めのころ、フォンテーヌブローの森の近くの小さなバルビゾンの村に住み、風景画を誕生させた。バルビゾン派と呼ばれた画家たちは、最盛期には人口三五〇人の村で一〇〇人に達したという。

若かったころ、会社の上司のS氏がヨーロッパに来て、どうしてもバルビゾンを訪れて写真を撮りたいという。古くから顔見知りの取引先の秘書をしていたマダム・フォートラに案内を頼むことにした。マダム・フォートラは陽気で情熱的で、人生意気に感ずるところのあるフランス女性である。

バルビゾンはパリの南東約六〇キロ、フォンテーヌブローの森をぬけていく。一九世紀末には鉄道も通り、今ではパリの通勤圏に入っている。

古代ローマのころから、アルプスの北はガリヤ地方と呼ばれ、ドイツ、フランスには大きな森がどこまでも続いていた。南ドイツの「黒い森《シュバルツバルト》」などはその名残りのひとつであり、フォンテーヌブローの森はオルレアンの森についでフランスでは第二の規模を誇っている。

大きな闊葉樹の林の木漏れ日のなかを走っていたとき、マダム・フォートラは突然大きな声をだして車を止めた。ひとりで興奮して説明しはじめた。

はるか遠くに、馬に乗った数人の人たちがスマートな犬を連れて走っていた。映画や絵にでてくるような狩りの服装で、乗馬用の帽子をかぶり細い長靴で鞭をもち、軽やかに走っていた。近くの館の領主か上流階級の人たちなのだろう。マダム・フォートラにとっても滅多に見られない光景のようで、なかば羨ましそうに、うわずった声で話していた。豊かな自然のなかで優雅な遊びをしている人たちの情景は、庶民にとっては憧れだったのだろう。

初夏のブナ、カシ、白樺の生い茂る森をぬけると、広い田園風景がひろがり、そこはもうバルビゾンの村だった。どこの風景もドービニーやコローの絵を見るようで、ため息がでた。ミレーの名画「晩鐘」や「落ち穂拾い」の舞台はどの辺だったのだろうと、懐かしさでいっぱいだった。ただ空だけは珍しく快晴で、ヨーロッパの絵になくてはならない雲はなかった。

道路沿いの家のたたずまいと、遠くに見える小さな教会の尖った屋根などが、S氏の好む写真の題材であった。私は道ばたの店で売っていた小さな油絵を一枚買った。

バルビゾンに住みついた画家たちは、自然の風景を愛し、自然のなかの生活を愛して描いていたが、一九世紀の中ごろになると、開発の波がこの地にも押し寄せてきた。時代のうねりは自然破壊におよんだのである。ルソーやミレーは時の皇帝ナポレオン三世や皇后に陳情して、フォンテーヌブローの森の伐採禁止を願い許されたという。彼らは絵を描くだけでなく、社会派でもあって、自然保護に大きな影響を与えてきたのであった。

バルビゾン派の功績は、アカデミズムのはびこるなかで、フランス絵画に風景画という分野を不動のものとして確立し、これを印象派に受けわたした。初期のモネやルノアール、シスレーたちはフォンテーヌブローの森で制作し、ドービニーの教えを受けている。フォンテーヌブローの森は、やがて満開となる印象派の近代絵画革命をもはぐくんでいたのである。

夕暮れ前にバルビゾンを後にした。快晴だった空は見慣れたヨーロッパの雲がおおい、落ちついた風景に変わっていた。雲はやがて黄色く染まり、フォンテーヌブローの森に入るころは、ルソーの名画「フォンテーヌブローの森の道」を目《ま》のあたりにすることができた。

ミュージカルのとりこ

ラジオのスイッチを入れたら「星の王子様」がミュージカルになるとのこと。サンテグジュペリの『星の王子様』を知らない人はいないだろうが、あの本を全部読んだ人は案外少ないのではないか。砂漠に不時着した飛行士と、星からきた王子様との起伏のないおだやかな対話。地球は初めてという王子様と、身分の高いインテリジェンスのある飛行士との波瀾のない哲学的な話し合い。これがどんなミュージカルになるのかと、あれこれ考えたのである。

ミュージカルのとりこになったきっかけは、戦後一〇年にブロードウェイで観た「オクラホマ！」であった。アメリカでは戦争中に上演され、ブロードウェイ・ミュージカルとしてはロングラン記録をぬりかえたヒット作である。戦後に映画化されてますますポピュラーになったが、戦争中にこのように明るい華やかな作品をつくっていたとは、自由の国アメリカのふところの深さをしみじみと感じた。日本では、映画も演劇も戦意高揚一色だったのだが。

戦後の混乱期、私は田舎で失意のどん底で苦しんでいたが、やがて上京して解放された自由の空気を思い切り吸うことになった。新しくつくられた憲法を、あのころは本気で喜び、物はなくてもふたたび青春を謳《うた》った。初めてアメリカの土をふみ、高層建築には驚かなかったが、生活の豊かさには圧倒された。ブロードウェイのミュージカルは、アメリカそのものであった。「オクラホマ！」はオクラホマの純朴な若い農民たちを主人公にした、人間の葛藤、恋の争い、希望などを描いた作品で、最後はオクラホマが州に昇格した喜びを村人たち一同が歌い祝うのである。地味な題材だが、この大成功はブロードウェイ・ミュージカルのひとつの転機になったという。リチャード・ロジャース(作曲)とオスカー・ハマーシュタイン(台本)の名コンビは、ミュージカルのエポックをつくった。ふたりは「南太平洋」、「王様と私」、「サウンド・オブ・ミュージック」とつぎつぎに名作を発表しつづけ、世界中の人々に愛されるミュージカルを送りだしたのである。

「オクラホマ!」では、すばらしい音楽が言葉にとってかわる。主人公のカウボーイが歌う「おお何と美しい朝」(What a beautiful morning!)はかなり長い前奏曲があって、それを聞いている間にオクラホマの田園の情景が眼にうかぶ。畑に降り注ぐ、キラキラ光る陽光や地平線の彼方からわたってくる緑の風が感じとれる。今でもぬけるような青空の気持ちよい朝には、思わず口をついてでてくる名曲である。作曲者は言葉にもまして意味や情感を音楽にこめ、表現している。ミュージカルはその醍醐味をあますことなく伝えてくれる。

「王様と私」は、日本でもたびたび上演されておなじみだが、ユル・ブリンナーとデボラ・カーで映画化され、大ヒットした。原作は、一九世紀なかばのシャム(タイ)王家に、王子たちの家庭教師として招かれたイギリス婦人の日記をもとに書かれた小説。気位の高いイギリス婦人と、いくぶん粗野なシャム王との微妙な人間的ふれあいが、ミュージカルの手法によってみごとに描きだされた傑作である。ブロードウェイで観たとき、幸運にも王様役はユル・ブリンナーであった。すでにガンにおかされていたのであるが、その気配はみじんも感じさせず、長い舞台で力強く激しい踊りをみせてくれた。彼の名演技は、歴史的な価値を残すものである。すべてを知っている観客たちの、終わったあとのアンコールの情景は、今でもはっきり眼に浮かぶ。

若いころ、ドイツからロンドンへの出張が多く、日曜にかかることがたびたびあった。映画館の多いライセスター・スクエアで、映画のはしごをして時間をつぶすことが多かった。一日に三本観るとさすがにこんがらがって、あとで思い出せないこともあった。このころ、「マイ・フェア・レディ」の舞台を観る機会があった。作品の舞台は第一次大戦前の「古き良き時代（ラ・ベル・エポック）」といわれた一九一二年のイギリス。配役は主人公のヒギンス博士にレックス・ハリソン、イライザ役に新人女優があてられ、ヨーロッパとアメリカの人材のみごとな融合であった。ロングランは七年近くつづき、それまでの「オクラホマ！」の記録二二一二回を一〇年ぶりに破り、二七一七回の記録をつくったという。レックス・ハリソンの演じた言語学者もまさに適役だったし、新人イライザも新鮮であった。台本のうまさ、ヨーロッパの香りをもったメロディ、落ちついた雰囲気があって、ミュージカルというよりもミュージカル・プレイというべきかもしれない。私の英語はへただったが、イライザの話す英語のアクセントやイントネーションは何となく理解できて、面白かった。

ミュージカルに不動の地位を与えることになった「ショウ・ボート」、誰でも知っているドレミの歌の「サウンド・オブ・ミュージック」など、懐かしい舞台は本当にきりがない。

ミュージカルは現実にありえない空想を満たしてくれる夢物語。それが美しいメロディ、魅力あふれる歌と踊りによって語られるところに人気の秘密がある。オペラも好きだが、オペラのしかつめらしさ、深刻さはミュージカルにはない。登場人物も仮想の国のお姫様や美しい大金持ちの未亡人、シンデレラさながらの夢見る少女、そして美男で美声のヒーロー、大人向きのお伽噺がほとんどである。大事なことは、その大衆性と出演者および演出陣の質の高さである。日本にも良いミュージカルが誕生して、たくさん上演されるようになってほしいものである。

心象のアイルランド

わが社の子会社、オリンパス・ダイアグノスティカのアイルランド工場ができて、かれこれ一〇年になるのではなかろうか。南東部のシャノンの近くにある二百人ほどの分析機の試薬工場である。小さな工場だが、在京の大使館では、日本の医薬品会社などの巨大進出企業にくらべて非常に評価が高い。それは研究開発（R&D）の部門をもっているからだという。ちょっと気恥ずかしく感じるのであるが、先方はそう思っている。工場はこじんまりしているが、敷地は非常に大きく、一二〇万平米(東京ドーム二五個分)もある。

敷地のなかには緑の起伏する牧場があり、以前は羊が四百頭に牛や馬もいた。森のなかには大きな湖もある。晴れた日には林のなかでリスやキツネ、孔雀にであうこともある。

シャノン空港はかつてヨーロッパ各都市から米国への中継地として、大変栄えた。ちょうどアラスカのアンカレッジ空港が、米国や日本から欧州への中継地として栄えたように。今は中継地としての機能はなくなり、さびれ果てている。免税店が軒をならべて競い合っていた華やかな賑わいは、まったく残っていない。おそらくアンカレッジ空港も同様であろう。余談になるが、ソ連が崩壊してロシアとなったとき、モスクワのシエレメティエボ空港の免税店の近代化はシャノン空港がやったという。ソ連時代は、免税店までが共産主義のお役所の典型であったが。

アイルランドは現在EUのなかにあって、もっとも元気のよい国である。歴代内閣が企業誘致に力を入れた結果、世界中から企業が進出し、とくにどういうわけか化学品、薬品工場が圧倒的に多い。ＩＴ産業にも力を入れている。誘致成功の最大の理由は、法人税が一〇パーセントと安いためであり、また教育水準もきわめて高い。

わが工場のあたりの風景に代表されるように、アイルランドは緑の森と丘と畑のつづく牧歌的な平和そのものの景観である。地平線にはところどころに古城や館、教会の塔が点在する。畑の区切りには、石を積んだ石垣がつらなっている。沖縄でも見うけられる石垣だが、防風のためであろうか。

天候、気象の大変化は、しばしば地球上の歴史を大きく変えてきた。アイルランドでは、一八四五年からつづいた史上最悪の気候が歴史を左右した。四年にわたり農業国の人口を激減させ、宗主国イングランドに対する限りない反感を植えつけた。生きる術《すべ》を求めた人々は、移住先として大西洋を越えて未知なる大地、アメリカを選んだ。これはヨーロッパ史上最大規模の集団移住であり、一五〇〇万人もの人が、アメリカに渡った。アイリッシュ系のアメリカ人は、しだいにその数を増やし、アメリカ文化に大きな影響をもたらした。緑のネクタイで着飾るセント・パトリック・デイをはじめ、一〇月の行事ハロウィンも、元はケルトの祭りを伝えるアイルランドの伝統行事であった。アメリカのカントリーミュージックの原型もアイルランドの音楽である。

アイルランドは気まぐれの天気でよく知られている。カラリと晴れる日は、六月、七月くらいのものである。年中風は強く吹きつける。

一八四五年の七月は寒く、霧が深く、聖書の「ノアの洪水」物語のように三週間も雨は降りつづいた。牧草地は水浸しになり、家畜は溺れ死に、家は浸水した。何よりもジャガイモが打撃をうけた。原因不明のジャガイモの腐敗病が発生し、収穫は皆無となった。

世界は狂ってしまい、おそろしい悲惨な事態となっていた。ジャガイモの腐敗病の予防法が発見されたのは、この時期から七〇年後のことであった。アイルランドが当時なぜジャガイモに固執していたのかよくわからない。一品種だけでなく、小麦でもつくっていたら、いくぶん状況も変わっていたと思われるのだが。ジャガイモは栄養価も高く、北ヨーロッパでは主食に近い、いや主食そのものといってもいい。ある古い映画のシーンで、シベリアの貧しい農夫の家族が木のテーブルを囲み、ジャガイモだけの夕食を食べているのを見て驚いた記憶がある。

当時イギリスはヴィクトリア女王のころで、ナポレオン戦争に勝ち、世界最強の大国であった。広大な領土にパクス・ブリタニカ（イギリスによる平和）を押しつけていた。緑の島、アイルランドではイギリス人が地主となっていて、アイルランド人は小作農として土地を耕していた。農民は搾取にたえるしかなかった。複数の作物をつくるのは、おそらく地主であったイギリス人が許さなかったからであろう。

飢饉は言語を絶していた。かんな屑でパンをつくり、壁紙でスープをつくって食べた。病人に薬はいらなかった。回復させる食糧がなかったからである。そしてついに暗黒の一八四七年がやってきた。シラミなどの媒介で伝染する発疹チフスに加えて、コレラが発生した。神は人々の叫びにも動じることはなかった。大地主たちはこの状況下でも、一顧だにすることなく搾取しつづけた。悲惨な飢餓のなかで死んでいく小作農たちが、憎しみをつのらせていったのは無理からぬことである。

移民船は「棺桶船」といわれた。トイレもない船に押し込められ、人々は力つきて死んでいった。ある船では四〇四人中、一〇八名が航海中に死んだという。あのタイタニック号の三等客席に詰め込まれた乗客たちも、アイルランドからの移民で、ほとんどの人が溺死した。

このころの飢餓による死者は、一〇〇万人という数字となっている。これがわずか一五〇年前の出来事なのである。

田舎の中学生のころ、英国という国はアイルランドとスコットランドを含めてひとつの国だと思っていた。当時の先生もはっきりと教えてくれなかった。わずか一五〇年前のこの悲惨な出来事は、現在のアイルランドの歴史と心象を形づくっている。緑の国アイルランドの平和と発展を願ってやまない。

アメリカ一ドル札の謎

海外旅行はもはや日常的になり、年間一千万人以上の人が渡航しているといわれる。しかしそのなかで、携行している一ドル札の図柄をしげしげと見つめた人は少ないだろう。それは一五〇年を経た図柄であるにもかかわらず、アメリカ人でも知らない人が大半なのである。あたかも国民の眼から隠されてきたように。

「表」は誰でも知っている初代大統領、ジョージ・ワシントンの肖像である。問題は裏側であって、感性のある人は直観的に、図柄の左右が調和のとれていないことに気づくはずである。

右側の図柄はよく見かけるアメリカ合衆国の国の紋章、国璽《こくじ》であって、これは違和感はない。しかし左側は驚くべきことに、ピラミッドの頂上に薄気味悪い大きな目玉が置かれ、そこから四方八方に向かって光が放たれている。右側の国家を代表する紋章にはアメリカ鷲が翼をひろげて、胸のところに青、赤、白からなる盾が描かれている。白と赤の線は独立当時のアメリカ一三植民地を表し、青の線はそれを統合するアメリカ議会を示す。一三という数字が重視されて、鷲の右の爪がつかむオリーブの小枝の葉と実、左の爪がつかむ矢はいずれも一三である。また鷲の頭上に輝く星も一三であり、この配列はユダヤの「ソロモンの印」である。鷲のくわえているリボンのラテン語の文字数も一三である。

「裏」をデザインした一ドル札が出回りはじめると、さすがに米国の学者のあいだで侃々諤々《かんかんがくがく》の論争がまきおこった。これは明らかにフリーメイソンの紋章ではないか、と。フリーメイソンは白人以外はいなかった。

アメリカ合衆国の「独立宣言書」に署名した「建国の父」たち五六名のうち、じつに五三名までがフリーメイソンのメンバーであったという。しかもそのなかで最高位のグランド・マスターの地位にあったベンジャミン・フランクリンが、あの薄気味悪い図柄決定の中核をなしていた。

ベンジャミン・フランクリンといえば、フィラデルフィアで印刷業をいとなみ、一七四六年に「凧揚《たこあ》げ」によって「稲妻と電気は同じものである」と証明したことで知られている。その後、どんどん出世してイギリスやフランスで大使なみの任務につき、このころフリーメイソンの会員になったようだ。

　フリーメイソンとはいったい何なのか。これを書き出したらとても紙面がたりない。「自由《フリー》な石工《メイソン》」たちのカルト的な集団、「秘密結社」全体をさす集合名詞として使われる。中世ヨーロッパでは、各地で群雄が割拠し、移動は自由にできなかった。だが、壮大な寺院や城、館の建造や修復にたずさわる職人の石工だけは、自由に往来できたのである。フリーメイソンの象徴として、コンパス（道徳）と直角定規（真理）を組み合わせて「調和」を表しているのも、こうした来歴に由来する。

　秘密結社フリーメイソンの起源は判然としない。アダムとイブまで遡るともいわれたり、ソロモンの時代ともいわれる。古代ギリシアの大数学者ピタゴラス（BC 570）説もある。ピタゴラスは古代ギリシアの自然学者や哲学者が探究していた「万物の根源」を「数」だと考え、「ピタゴラスの定理」などを発見した。

　起源がおぼつかないのは、秘密結社であるかぎり当然のことかもしれない。メンバーもユダヤ人とはかぎらない。だが根本的原理の中核には「相互扶助」と「自由」、「平等」、「博愛」といった近代精神が歴然としている。「国家や教会が不正である」場合は、名誉と公正を重んずる男子は決然と立ち上がるべき権利と義務があるとする。まさしくフランス革命やアメリカ独立をもたらした精神にほかならない。

　フリーメイソンの憲章や精神はたしかに高邁ですばらしいが、仰々しい秘儀には抵抗を禁じえない。メンバーになったら、階級によって握手の仕方までちがってくるのである。モーツアルトもメンバーであった。オペラ『魔笛』も全編が秘密の儀式を表している。

ゲーテもフリーメイソンであった。日本の年末に絶対に欠かせないベートーベンの第九「喜びによせて」(An die Freude)の有名な合唱の部分は、フリードリッヒ・フォン・シラーがメイソン精神を心から讃える頌詞なのである。

アーミッシュの生活文化

ヨーロッパからの便が台風のため、成田に着陸できなくなり、千歳空港に待避した。外には出られず、そのまま機内で待機することになった。乗客のひとりが携帯電話をもっていて、自宅や友人に連絡をとっていた。機内の静けさを破って電話をかけまくっていて、いささか得意そうにみえた。携帯電話がいまほど普及していないころであった。

最近は電車のなかや公共の場所でも、携帯電話が平気で使用されている。呼び出しベルや時計のアラーム音は神経にさわり、顔をしかめることが多い。現代人は静かな生活に戻ることができないのだろうか。戻るにはどれほどの犠牲と不便を伴うのだろうか。人間の進歩とはいったい何だろうかと、素朴な思いにかられることがある。

アーミッシュ（Amish）という人たちのことをご存じだろうか。アメリカで近代文明に背を向けながら、三百年もライフスタイルを守りつづけて生きる人たちである。自動車はもちろんのこと、電話、テレビ、コンピュータなどの電子機器を拒絶し、マスメディアに眼をつぶり、独得の生活文化を伝えている。アメリカ二〇州とカナダの一部に散在し、ペンシルバニア州にもっとも多く二万人以上という。全世界で六〇万人以上とか。宗教上の関係から、人口の増加は非常に高く、コミュニティは膨張をつづけているといわれる。

アーミッシュが世界から隔絶して生活するようになった根源は、彼らの歴史にある。彼らの宗教上の原点は、一五二五年のスイスにおけるアナバプテスト運動にまで遡る。これは急進的な宗教改革をとなえ、ひたすら新約聖書に忠実であろうとした一派であった。カトリックからもプロテスタントからも排斥され、何千人という人たちが殺された。宗教戦争の例にもれず、拷問にかけられ、陰惨な処刑がつづいた。見つかったら必ず殺されるのでスイスから脱出、ヨーロッパの農村や山岳地帯に移動する。既存のキリスト教の世界から離れ、純粋さと簡素を旨とするコミュニティを維持していくことを選んだのである。そして一八世紀、自由憲章の起草者であるウィリアム・ペンの招きにより、自由の天地アメリカに渡り、今のように繁栄してきた。

アーミッシュの人たちの外観は独得である。男性は黒いチョッキに黒いズボン。男女ともボタンはつけないか、つけても見えないところである。女性はブルーのドレスと白いエプロン。

ケープをまとう。髪は切らない。成人した男子はあごひげをたくわえる。ただし口ひげは禁止。女性は結婚したら青いエプロンが白へと変わる。男性の帽子も、少年と成人では異なる。

アーミッシュは教育そのものに反対しているわけではないが、子どもたちを家族や伝統から引き離してしまう公の教育や高等教育は価値がないと考える。コミュニティのなかにある独自の小学校、中学校までの教育をやっていて、職業教育に重点がおかれる。子どもたちが公立高校や大学に通うと、彼らは教会を変えてしまい、コミュニティは存続できなくなるだろうと、リーダーたちが考えた結論である。また学校で教える合理的な考え方は、個人主義を引き起こすと警戒した。個人主義こそ、もっとも彼らが忌避《きひ》するものである。アーミッシュの核となる価値、すなわち従順、自己放棄、謙虚さ、服従ということを、個人主義は破壊しかねないからである。自分たちの文化を守り子どもたちを失わないためにも、公的教育を拒絶せざるをえなかった。しかしながら、弁護士、医者、歯医者などの専門サービスは受けることに同意し、近代生活とは進んで妥協している。

人々を驚かせるアーミッシュの生活の謎はかずかずある。そのひとつが自動車の所有は許されないが、使用するのはかまわないということである。アーミッシュの事業者はタクシーも使うし、商売に使用する車をもっている非アーミッシュの人々をときどき雇う。電気もまた謎である。家や工場には電気はない。キャンプ用のランプに似たガス圧縮式のランタンが使われる。農場はバギーを使い、バッテリーによって照明し、表示灯を作動させる。電気は拒絶されるが、バッテリーは許されているらしい。またトラクターは納屋の近くでは許可されるのに、畑や牧草地では使えない。近代的農機具を引っ張るのは馬である。

電話も禁止されている。電話は外部の世界との接点であって、大きな社会から分離するというアーミッシュの基本精神を侵すことになるからである。真夜中に長電話をかける子どもたちに悩まされている日本の親たちにとっては、別世界である。

情報と人間、電子機器と生活、いったいどうなれば理想的なのだろう。自由や情報やハイテク機器は現代人にとってもっとも大切なものであるのは否定できないが、私たちがアーミッシュより解放されていて豊かな精神世界をもちえているかとなると、判断がおぼつかなくなってくるのである。

さすらいのジプシー

一九五七年の初秋、ニューヨークの最初の駐在を終えて帰国することになり、ニューオーリンズに立ち寄ることにした。国際電話もない時代で、望郷の思いはつのり一日も早く帰りたかったが、ドライな米国生活の最後に、ひと味ちがった最深部(ディープサウス)を見たかった。

ミシシッピー河畔の蔦《つた》や羊歯《しだ》のまつわりついた木々が、アメリカのシンボルのように思われたのである。

ニューオーリンズはさすがに暑く、湿気も多かった。まずフレンチ・クオーターにゆく。陽はまだ高く、デキシーランドの本場でも時間が早すぎてガラガラであった。小さな通りに入り、露店のような店が目にとまった。異国情緒にあふれた大きなトランプの絵が壁にかけてあった。店には一四、五歳のスペイン系と思われる小太りの少女が手まねきしていた。つられて店に入ると、なかの仕切のカーテンを開けて、椅子に座れという。相手は少女だし、外はまだ明るくて危険なことはないだろうと、好奇心にまけていわれるままにした。

少女は「これから占いをする。一ドルずつ左右の手で握れ」という。何やらブツブツと呪文を唱えながら胸ポケットを上からさぐり、パスポートを上から叩きながら出して見せろという。女の子と思って安心していたのだが、奇妙な雰囲気になったので、椅子から立ち上がった。とたんに、彼女は目にもとまらぬ速さで左右の手から一ドル札を抜きとっていた。うしろを振り向くと、渋紙色《しぶがみいろ》の皮膚をした大きな老婆が、長いスカートの腰に手をあてて仁王立ちになっていた。被害は二ドルですんだ。

後年、ヨーロッパに住んで東ヨーロッパに出張することが多くなり、いたるところでジプシーを見るようになった。そして若いころのニューオーリンズの失敗を想い出して、あれは絶対にジプシーだったと確信するようになった。カナダ、アメリカのジプシーは七〇万人ぐらいいることを知った。

ハンガリー出張のおり、あるときひとりで夕食をとった。大衆的でいくぶん騒々しい大きなレストランで、五、六人のジプシーの楽団が演奏していた。日ごろはしみじみと音楽に聴き入る余裕などなかったが、このときはすべてを忘れてジプシー音楽に聴き入った。リズムの自由さ、豊かさ、多様さ、しなやかさなど、聴く者に迫るものがあった。こんな経験は初めてだった。異国にひとりでいるという開放感とセンチメンタルな感情が融けあって、気分までたかぶっていたのだろう。サラサーテの「ツィゴイネル・ワイゼン」、フランツ・リストの「ハンガリー狂詩曲(ラプソディー)」、ブラームスの「ハンガリー舞曲」とつぎつぎにポピュラーなジプシー音楽が演奏された。ジプシーは音楽と踊りにすばらしい天賦の才能をもっているのである。

ジプシーの踊りのなかで有名なのは、誰でも知っているスペインのフラメンコである。南部のアンダルシア地方のジプシーの踊りを基調として、スペイン独得の芸能が融合して生まれた。今ではスペインを代表する舞踊として確立されている。

日本人はメリメの小説をもとにしたオペラ「カルメン」が好きである。いや、作曲者ビゼーの音楽のほうが、より知られている。このオペラの主人公、情熱的で奔放なカルメンはジプシーである。しかし、カルメンのイメージは、非ジプシーのメリメやビゼーが生みだしたもので、ジプシー女性の実際とは、どうも違っているらしい。創作は自由であるが、ジプシー女性の悪い固定概念を植えつけてしまった。実態はもっと質実で、あれほど奔放ではないようである。

ジプシーは北部インドを発生地とする。一一世紀に回教徒がインドに侵入したころ、この民族は故郷を捨てて、西に向かって移動をはじめた。もともと漂泊の民であったらしいが、一定の土地に定着することを嫌がり、生涯流浪する。自らを自然界の王といい、反文明の生き方をしている。ロマニー語というサンスクリットに近い言葉を話し、文字はもたない。全世界に五〇〇万人ぐらいおり、ほとんど中近東からロシア、ヨーロッパ大陸に分散する。特定の宗教をもっているわけではなく、キリスト教の戒律にしたがうアーミッシュとは根本的にちがっている。

ジプシーは自然を友として、定住する意志がない。先端文明のなかで夢を失いがちなわれわれは、彼らのユニークな生活を時として羨ましく思うこともある。しかし終わりのないさすらいの旅は、非常に厳しい。車やトレーラーで移動し、湿地や空き地に車をとめて生活する。不潔さ、非衛生な生活、万引き、かっぱらい、空き巣などで地域住民からの苦情は殺到する。朝シャンや抗菌グッズで生活する日本人には耐えられないであろう。

ジプシーをみるとき、われわれの文明の尺度をはるかに越えていきる民族のいることを改めて思い知らされる。セルビアやティモールの独立運動の対極にある民族である。幸せな生活とはどういうものなのか、ますますわからなくなるのである。

第2章

近隣の朋友たち

中国で開催された展示会に出かけ、
内視鏡のブースで現地の人たちと
語り合う。（1995年）

日本に来た伝説の人、徐福《じょふく》

日中合作オペラ「蓬萊《ほうらい》の国―徐福伝説」を観る機会があった。蓬萊の国とは中国の伝説に登場する国であり、東海にあって仙人が住む不老不死の地だという。

このオペラを観ることになったのは、一九九七年五月、日中国交回復二五周年を記念して「オリンパス万里の長城の歌」を作曲してくれた作曲家の呂遠《ろえん》氏との出会いが発端であった。呂遠氏はこのオペラの全曲を作曲した中国では高名な作曲家であり、軍楽隊の中将でもある。

徐福については、秦の始皇帝に命じられて東海の島、日本に来て不老不死の仙薬を探した伝説の人物という程度しか知らなかった。もちろん、従者を加えて数人ほどの人数で来たのだろうと思っていた。しかし、オペラでは男女の子供たちがたくさん出演して歌い、背景には富士山が画かれた場面も多く、まるで学芸会のように感じた。

観客数は決して多いとはいえず、興行的には成功していなかったとおもう。しかしその後、なぜか徐福について知る機会が増えた。

日本では伝説の人、徐福としてさまざまの遺跡が各地に残っているが、中国では実在の人物として記録されている。最初に徐福の名が記されているのは二一〇〇年前、歴史家・司馬遷が著した中国の正史『史記』である。日本で有名な卑弥呼《ひみこ》の名の出てくる『魏志倭人伝』よりも古い記録である。このほか『漢書《かんじょ》』、『後漢書』、『三国志』にも登場しているという。紀元前二二一年、秦の始皇帝は乱れていた春秋、戦国時代の六カ国を武力で平定し、初めて統一国家を建設した。もっと前の春秋、戦国の中期には孔子が教えを説いていた。

すべての権力を手に入れた武断の人、始皇帝がもっとも恐れはじめていたのが自らの死であった。皇帝の厄払いのためと、広大な皇陵が西安の地に建設されることになったのもこのころであった。その壮大な規模の皇陵からは数限りない兵馬俑《へいばよう》が掘り出されており、現在もまだ続いている。

当時まことしやかに始皇帝に進言されていたのは三千人の穢れない童男童女を殉死させれば長生きできるということであった。当然、子供をもった人々は毎日不安の日々を送っていた。

このとき現れたのが宗教、医学、薬学など幅広い分野の科学者で、また不老不死を研究していた方士（道教の仙人）である徐福であった。

徐福は始皇帝にいろいろと願い出た。まず大きな船を相当数そろえること、そして五穀とその他の植物の種子や苗、さらにあらゆる技能者の百工を引きつれて日本に行くことにした。もっとも驚くべきことは健康な少年少女三千人を連れて行くことにして殉死にあてられる若い人たちの命を救ったことである。白髪三千丈式の表現を割り引いても相当多くの少年少女たちであったとおもう。これはまさに紀元前に行われた移民であり移住であった。始皇帝の諒解なくしてはできないことであろう。

結局、第一回の渡航は失敗に終わり、再度の航海を始皇帝に願い出て同意を得た。しかしこのときは徐福が仙草を持ち帰らない危険性を考えて妻は人質として残されている。これは中国の今にいたるまで変わらない習慣である。

二度目の出港地は江南の淅江省慈漢市であった。徐福は大艦隊を組み、苦難に苦難をかさねてついに大海原を乗りきって東方の国にたどりつく。和歌山県の新宮市であった。そこは緑の山々と、とうとうと流れる清流に囲まれた文字通りの桃源郷であった。

日本では南は九州佐賀から北は青森まで全国二〇数カ所に徐福にまつわる話や神社が残されている。このことから想像すると三千人の少年少女たちの定住・結婚から、縄文・弥生時代にかけての中国文化、とくに稲作文化の展開のきっかけをつくったことは確かであろう。

さらに想像の翼を広げてみよう。そもそもなぜ始皇帝は紀元前に日本にこのような大きな移民を考えたか。「不老不死の仙薬」の採集という事業のためだけだったのか。じつはその裏に、秦としての国家的な意図があったのではなかろうか。すでに万里の長城はできあがり、北方からの好戦的な騎馬民族に対する不安はある程度解消されていた。北方民族は万里の長城にはばまれて南進できず、当然、長城にそって東進し、朝鮮半島を南下して必ずこの島に到着すると考えたのではなかろうか。この緑したたる大きな島々を好戦的な北方民族に占拠されることは秦にとって戦略上好ましくないことであったにちがいない。そこで徐福をつかって手を打ったのではなかろうか。もしそうだとするならば、二千年前の情報の収集力と大世界戦略に感嘆せざるをえない。

あるパーティーの席上、元首相の羽田孜《つとむ》氏が面白い演説をしていた。自分の出身地は信州だが、系図をたどると紀州から移ったものらしい。名前も羽田だが、どうもハタ、畑、畠、秦と漢字は何でもよくて当て字らしい。それで自分の祖先は徐福である、といいきっていた。新宮市や佐賀に行くと大もてであると。若いころ北京に訪問したおり、要人たちに中国人の顔だといわれたという。羽田氏本人はかなり本気で話されていた。

当社にもハタ姓の人がいる。祖先は徐福かその一行の童男童女であったのではなかろうか。夢のある祖先をもつ人はうらやましい。ぜひオペラ「蓬莱の国―徐福伝説」を観ることをおすすめする。

楊貴妃の茘枝《ライチ》を守る

中国広東省にある深圳《しんせん》工場の正面の池の近くにライチの木が二、三〇本繁っている。なだらかな緑の芝の丘の上の濃い常緑樹のライチは、白いモダンな深圳工場をひときわひきたてやすらぎを与える風景となっている。敷地いっぱいに工場や建物をたてるのが香港や中国にあっては普通のことであるが、深圳工場はライチのおかげでゆとりのある格調高いたたずまいになっている。

ライチの樹は見栄えがよく繁り方も好きである。厚手の常緑の葉がこんもりとよく繁り、それほど高い喬木とならない。高さは大きくなっても一〇メートルから一五メートルくらい。濃い緑陰《りょくいん》は高温多湿の華南の地によく似合う。「深圳市の樹」として大切にされている。

ライチの果実は六月、七月のシーズンには日本にも輸入されるようになったが主に台湾産らしい。冷凍のために果皮は黒くなっている。採りたてのものは苺のように赤くまた紫がかっていて見るからにうまそうである。果肉は白色、半透明で水分に富み、甘い独特の芳香がある。さすがに果物の王といわれるだけあって食べだしたらやめられない。シーズンのころは番禺《ばんゆう》工場の近くの路上でも、たわわに実のついたライチを枝や葉のついたままで山のように積んで売っている。食通で知られた宋の詩人蘇東坡《そとうば》は毎日三〇〇個も食べたというが、いくぶんしつこさがあるライチの実を、そんなにたくさんは食べられないように思うのだが。

ライチといえば、楊貴妃が早馬を飛ばして運ばせたという故事がよく知られる。紀元七三五年ごろ、ときの皇帝玄宗にみそめられた楊貴妃は玄宗の後宮に入り、皇后につぐ高位となった。玄宗五六歳、楊貴妃二三歳のときである。彼女は四川の生まれで南方産のライチを好んで食したという。数千里離れた広州の地区から、都の長安まではや馬で運ばせて栄耀栄華《えいようえいが》をほこっていたのである。やがて安禄山の乱がおこり、玄宗も楊貴妃を処刑せざるをえなくなり、奢侈遊蕩《しゃしゆうとう》をきわめた豪華な宮廷生活も終わることになる。玄宗七一歳、楊貴妃三八歳であった。

ところで、楊貴妃伝説のライチの木（子孫）が実在していたのである。深圳に近い所に東莞《とんかん》、石龍鎮という街がある。日系企業がたくさん進出している地区であるが、その北に増城という部落がある。番禺の対岸にあたり、日支事変のころはこのあたりの華南地区を警備していた南支派遣軍司令官の副官がいた。彼は増城にある二本のライチの木に伝わる楊貴妃伝説を部落の人たちから聞いて遠く思いを馳せ、真偽は別として部落の人たちの気持ちを大切にすることにした。インテリで心豊かなこの副官は、地区警備の中隊長に命じてライチのまわりを鉄条網で囲って人が入れないようにして保護した。実が熟すころになると昼夜歩哨を立てて監視した。現在でもシーズンになるとどこでもライチの木の下には見張り番がいるのがふつうである。この副官は由緒あるライチの木の最初に採れた実を三つの篭に入れ、一篭は広東省長官、一篭は増城県知事、一篭は南支派遣軍司令官に届けていた。

戦争も終わり、日本、中国とも状況は大きく変わった。中国も戦後、毛沢東による狂気の文化大革命も終息し安定してきた。復員後四〇年以上経ってこのときの副官は自分の警備していた地域や部落がどうなっているか懐かしくなって行ってみることにした。とくに守ってやった思い出の楊貴妃のライチは無事かどうかを見るために四人の戦友とはからって訪ねることにした。あのころ、戦時中のやむをえない状況下とはいいながら駐留していたという後ろめたさがあった。香港で雇った若い女性の通訳にも観光ということで本意は明かさなかった。観光ならば何もあんな田舎街より、広州の近くの方が見るところが多いのにといぶかる通訳を連れて、石龍鎮、増城を訪ね歩いたという。そしてついに増城の街に入り、その変わってしまった街並に茫然とした。街の中心には立派な公園ができていて、探していたライチの木が大きくなって天をつくような大木となり枝も繁っていた。木の前には「古茘」（古いライチ）の看板が立っていた。四人の年老いた戦友たちは抱き合って喜んだ。すべてを知った女性通訳も心から喜んでくれたという。

戦後五〇年のあいだ、マスコミは日本が大陸を侵略し非道なことをしてきたと繰り返しかたよった報道をしている。しかしながら、故郷に家族を残し、望郷の念にかられながら苦しい戦地にあって、楊貴妃のライチを守ってきたというささやかなエピソードは、あのころの事実のいったんを知らせるものである。この副官は郷里の高校の先輩、野口春雄氏である。

台湾でいだく郷愁

そのころ台湾は騒然としていた。日本の漫画家小林よしのり氏の「台湾論」が翻訳されて台湾で発売された直後であった。「台湾論」は日本のマスコミの風潮に敢然と挑戦して日本統治時代を懐かしむ台湾の人たちの率直な言い分や、これに関連するいろいろの事実を漫画にしたものである。登場人物はもちろん親日派の人たちで、李登輝前総統や台湾独立派の金美齢氏、わが社と関係の深い奇美《ちみ》実業の会長許文龍氏などであった。日本ではA新聞は対抗上、A紙系の進歩的文化人を動員して例によって植民地主義の批判論文を追っかけて発刊したが、しょせん漫画に勝てるはずはなかった。「台湾論」はベストセラーになっていた。

台湾ではマスコミやマスメディアはすべて台北に集中していてほとんどが北京系である。論調もひじょうに過激で反日的。けっして台湾人全体の意向を代表していないのはどこの国でも同じであるが「台湾論」に対する攻撃はものすごいものであり、小林よしのり氏は徹底的に糾弾され、当局もやむをえず入国禁止の措置をとらざるを得なかった。犯罪者は別として日本の言論人としては初めての入国禁止ではなかろうか。それほど異常な雰囲気であった。

ちょうどこの事件の直前に当社の液晶検査装置の大口得意先である奇美実業の会長の許文龍氏から私のもとに招待状が届いていた。この台湾渡航の準備中に、台北に駐在する息子の嫁が心配して、電話やファックスで許文龍氏がマスコミの総攻撃にあっている様子や、テレビや新聞でたたかれている写真を送って来ていた。台南の彼の自宅の前までテレビカメラに囲まれていた。しかしせっかくの招待をこちらから断わる理由はないので予定どおり出発した。

奇美実業は台湾最大の化成品工業であり、材料から製品までつくっていて大陸にも展開している。液晶ディスプレイなども事業の一つである。戦後、許文龍氏が独力で作り上げた事業であって、今では会社に週に一、二回出社する程度で海釣りや川釣りをしてすごす毎日であるという。しかし李登輝前総統や現在の陳水扁総統とは近しく最大の支持者の一人である。台南はまったく静かであり「台湾論」の騒ぎなど嘘のようであった。

夜は市中にある自宅に招待された。周囲には商店街もあり巨大な事業を成功させた人の住まいとしては大変に質素なものであった。許文龍氏は日本統治時代の教育を受けた人で日本語も流暢でしっかりしていた。語尾を上げたり、伸ばしたりする現代の日本人の崩れた日本語とは比べものにならない立派な日本語である。

食事も決して豪華なものではないが、その日、川で釣ってきたという小魚を油で揚げた心のこもった家庭料理であった。「台湾論」の騒動の最中のため、食事中でも電話が多く、ファックスなども山のように飛び込んでいたが、ほとんど眼を通さずに食卓の下にまるめて捨てていた。

食事も終わり、いとまをしようとすると、コーラスをやるからしばらく残って聴いてほしいとのこと。時間を見はからったかのように若い男女が数人集まって来た。オペラ歌手やヴァイオリニスト、ピアニストの人たちである。許文龍氏自らもヴァイオリンを取り上げていた。そして強調して言ったことは、最近の音楽はリズムばかりでメロディーがない。日本の戦前の歌にはメロディーがあり、心の琴線に触れる文化の裏づけのあるものだったと。たとえば明治四十四年の唱歌「紅葉」は歌詞にも曲調にもその喜びを率直に歌い上げた古典的名曲といえるもので、背景にあった日本伝統の美学、修辞学の定型、歴史などがおのずと伝わってくると。まったく同じ趣旨の文章を東大名誉教授の芳賀徹氏が日経紙に書いていた。演奏が始まったのは日本の童謡であり唱歌の数々であった。「朧《おぼろ》月夜」、「荒城の月」、「故郷」などなど。もちろん「紅葉」もあった。

自分自身が騒動の渦中にありながら少しも気にせず、遠来の客であるわれわれを心をこめてもてなそうとする心情が痛いほど察せられてありがたさが身にしみた。また異境の地で聴く懐かしい唱歌の数々と日本人以上の日本に対する思いに不覚にも涙があふれてとまらなかった。

圧巻は愛蔵しているヴァイオリンの世界最高の名器、ストラディバリウスとグァルネリを見せていただき、聴かせていただいたことであった。先般ニューヨークに貸し出したときの保険料は掛け金だけで数億円だったと笑っていた。

日本は統治時代には、教育に内地以上に力を入れていた。このことは日本のマスコミはまったく報道することはない。たとえば韓国の京城帝大や台北帝大は大阪帝大や名古屋帝大よりも早く設立されている。戦争中の昭和一九年には台湾での小学校への進学率は九二パーセントにも達していた。ヨーロッパの植民地政策と基本がまったく違ったものであったのである。

南の獅頭山《しとうざん》の廟《びょう》には広枝音衛門警部が祀られている。昭和一八年末、二千名の台湾志願兵の指揮官となりマニラに渡った。米軍上陸とともに全員玉砕せよとの軍命令に背き米軍と交渉して台湾人部下の命を保障させ、「君たちは台湾人だから祖国に生きて帰れ。責任は私がとる。私は日本人だから」といって自決した。広枝隊長は部下たちの手により獅頭山に祀られているのである。

あの頃の日本人は立派な人が多かったが、なかでも八田与一の業績は特筆すべきものである。米の増産には水利灌漑の整備は欠かせないが、八田与一の設計した嘉南大圳《かなんたいしゅう》は当時アジア最大のダムで水路の長さは万里の長城の六倍になっていた。彼の乗った船は大東亜戦争中の昭和一七年、フィリピンに向かう途中バシー海峡で米軍潜水艦に撃沈された。八田与一の妻、外代樹《とよき》夫人は日本が降伏文書に調印する前日の九月一日未明、「みあと慕いてわれはゆくなり」*と書き残し、夫が作りあげたダムの放水路に身を投じた。黒の喪服に白足袋の装束であった。八田与一と夫人の墓では命日には慰霊祭が続けられている。台湾の人たちの心は温かく、ひるがえって現在の日本文化との断絶を強く感じるのである。

台湾も日本の統治時代の祖父母たちとまったく関係のない孫たちの世代となった。日本のサブカルチャーに夢中な若者の時代となっている。日本の失われた伝説は台湾にだけ残ることになるのかもしれない。そして台湾でいだく郷愁もやがてつきるのであろう。

*――明治天皇の御大葬の日、乃木希典《まれすけ》大将と静子夫人は後を追って殉死した。遺書として次のような辞世の歌を詠んだ。

うつし世の神さりまして大君の　みあと慕いて我はゆくなり　臣希典上

出でましてかへります日のなしときく　けふの御幸《みゆき》に逢うぞかなしき　妻静子

春節を祝う香港

一月三一日は日本でも旧正月であった。田舎の農村では戦後もっとも雪の多いころ、いろいろな行事があったことを子供心に憶えている。それほど遠くない昔まで日本でも旧正月が祝われていたが、戦後はほとんどなじみがなくなった。

アジアの時代といわれだし、ビジネスの舞台が欧米中心からアジア諸国に移るにつれて中国や東南アジアに駐在する人や行き来する人が多くなってくると、あらためて旧正月すなわち中国でいう春節は無視できない大きな行事となってくる。ちょうど、日本人には関係なかったクリスマスが文明開化以来、百年たらずのあいだに生活の中に根づいてきているように。

春節を祝う香港のイルミネーションの壮大で華麗なことは目をみはるばかりである。九龍側から見る香港島の夜景は世界的に有名であるが、旧正月が近づくと海に面する高層ビルの壁面全部がすばらしいネオンで飾られて壮観である。夜景が美しいといわれるリオデジャネイロでもニューヨークでも、香港にはかなわない。大きさといい、距離といい、まとまりといい、人間の眼にちょうどよいためであろう。

旧正月前に、番禺《ばんゆう》の忘年会に出席した。従業員に加えて村や町の共産党の有力者を招待して総勢八百名の会食は、町のホテルの二つのフロアの宴会場を使って八〇卓におよぶ膨大なスケール。一七、八歳の若い女性が主力の騒々しさは、電線にならんでさえずる鵯《ひよどり》の喧騒を思い出させる。壇上にならべられた自転車をはじめ数多くの福引の商品の山に、若い娘たちは興奮をおさえられないのであろう。赤裸々の性格が見られて面白い。

旧正月を前にして一年に一回沿海地方から故郷へ向かう帰省ラッシュは日本のテレビでも放映されるようになったが、まさに民族の大移動に等しく中国政府の大問題である。一二億という気の遠くなるような総人口の何割かがこの期間に移動する。政府は帰省の期間を分散させるためにピーク時の料金を大幅に値上げした。早い時期や遅い時期は値上げ幅を低くする。このようなことは自由自在である。そのためかどうか深圳工場の女子寮に残留する人もそうというという。

中国の人の波を見るたびに、日本の将来に思いをいたして考えてしまう。それはよくいわれる高齢化、少子化のことである。とくに出生率が一・四六（一九九五年当時。現在一・三九）ということは、日本女性が生涯一・四六人しか出産しないことであり、人口の急激な減少を意味する。生産に従事する労働力はロボットで補うことができても絶対数は確実に減っていく。このままだと二二〇〇年ごろには純粋日本民族は六人になるのだとか（この年数は怪しいのでコンピュータに強い人はシミュレーションすればすぐに算出できるはず）。絶滅寸前の佐渡の「トキ」のように動物園に入れて増殖をはかることになるかもしれない。表の看板には「一九七〇年代のエコノミックアニマル」とか「モノ作りでは世界一だった」と書かれているかもしれない。

もっとも縄文時代や弥生時代から南方系農耕民族、北方系騎馬民族がやって来て現在の日本民族を形づくったとされているから絶滅ということはありえないであろう。しかしすでにベトナムや中国からボートピープルは九州に来ているのだから、現在の日本民族が減れば減るほどアジアからの人口流入は増していくことであろう。気候がよく緑の多い豊葦原《とよあしはら》の瑞穂《みずほ》の国は、砂漠のなかの人たちには魅力的であるはず。今までのようにうまく同化していけば問題ないのであろうが、おそらく社会人類学の面でも変わっていくのではないか。たとえば華僑系が多くなれば春節の行事も日本ではあたりまえのことになるのではないだろうか。香港の夜景を見ながらベッドの上で考えたものである。

真紅の花を想う

中国出張のおり、深圳から広州まで新しく開通した高速道路を走った。つい一年前まで工事中だったものが人海戦術で突貫工事をやり、立派な高速道路となっていた。珠江デルタ地帯を貫通してまっすぐに伸び、周囲は華南地方の典型的な田園風景であってどこまでも続いていた。中央分離帯には真っ赤な矮生《わいせい》のカンナの花が植えられていて、えんえんと果てることもなく目を楽しませてくれた。暑い陽射しに映え、車の風速にあおられて揺れていて、それは南国の風景そのものであった。

カンナの赤い花はものごころがつくころから好きな花であり、夢のような花であった。北国の半年間は雪の下にあって、外に出られない雪の降る日や吹雪のときは、来る日も来る日もこたつの中で一冊か二冊の絵本を飽きることなくめくって見ていた。

「カンナのお花は　まっかっか」

裸の子供がカンナの大きな花の下で水遊びをしている絵と文が幼いときから頭に焼きついていて、雪国では見られない不思議な真紅の花に憧れ、想像の翼を広げていた。人は足りないものを願望し、憧れる。太陽の少ない国は太陽を、砂漠の人は恵みの雨をと。

ひるがえって中国唐代の歴史に残る主要な詩人のほとんどが北方の人であった。乾燥して荒涼として、水と緑に乏しい華北と、雨に恵まれ、大量の水と豊かな緑におおわれた江南との風土の鮮烈な対照は、感受性の強い詩人の胸を揺さぶらないではいなかったであろう。王維、杜甫、白居易、杜牧などの著名な人たちの心を。

江南の春　　杜牧

千里　鶯《うぐいす》啼いて　緑紅《みどりくれない》に映ず
水村　山郭《さんかく》　酒旗の風
南朝　四百八十寺

多少の楼台《ろうだい》　煙雨《えんう》の中

真紅の花で好きなのはゼラニウムの花である。日本では昨今ピンクやシロなど、いろいろな花が売られているが、ゼラニウムは暗赤色くらいの濃い色で大輪の花があの緑の大きな厚手の葉によく映える。ヨーロッパにも最近は色とりどりのゼラニウムの花が窓辺を飾っているが、北ヨーロッパの短い夏を謳歌してもっともよく映えるのは、やはり濃赤色の大輪のゼラニウムである。そういえば国中が美しい緑のゴルフコースのようなスイスでは濃赤色のゼラニウム以外はあまり見かけない。蒼い空、白い雲をいただくアルプスの山々、緑の牧場とスイス風の木の家には濃いゼラニウムの花が際立って映えている。

幼いころからもう一つ好きな花は松葉ボタンであった。真紅の花ばかりではなく、赤、黄、ピンク、紫、白ととりどりの色があるが、やはり八重の大輪がよかった。百姓屋の日当たりのよい石垣の間や、海岸の砂浜の家の庭先に群生して咲くのは可憐で、夏をせいいっぱい生きているように見える。春さき、雪の消えた南向きの軒下に、小さな数ミリの双葉がたくさん芽を出すころは、いつまでもうずくまって見とれて、夏に咲く花に夢をふくらませていたものであった。近頃は都会では松葉ボタンも見かけなくなり、代わって大ぶりな松葉菊や類似の花が出まわっている。何年も帰っていない田舎にはまだ松葉ボタンの咲く風景が残っているのだろうか。

中国の英雄、客家《はっか》の人

取引先の一人であるA氏が唐突に会食の席を立って帰ってしまった。あとに残ったK氏、H氏と私の三人は思わず顔を見合わせた。ひさしぶりに台湾を訪問したおりである。怪訝そうな私の顔を見てK氏がとりなすように「あの人は客家《はっか》ですからね」と言った。「ちょっと違うところがあるのですよ」とH氏がつけ加える。しかしこの問題はそれ以上話を続けるべきではなさそうだったので話題を変えた。十数年前のことであった。

客家という言葉がその後おりにふれて耳に入るようになり興味をひかれた。最初は多少ネガティブのイメージをいだいていたのだが、調べてみるにつれてとんでもない思いちがいであったことに気がついた。

客家の人たちは中国四千年の歴史の中につねに浮かびあがってきた英雄、英傑の人たちであり、立派な武人、政治家、学者、文人、経済人を輩出してきた。そして決定的なインパクトを与えてくれたのは、日本人にとって京都大学出身ということで身近かに感じられる台湾の李登輝前総統の出現であった。

二一世紀はアジアの世紀と言われるが、この世紀の鍵をにぎっているのはあるいは客家の人たちかもしれない。大陸の改革開放の最高指導者の鄧小平、ばつぐんの指導者でシンガポールの秩序と国造りを進めているリー・クアンユー(李光耀)。李登輝前総統とは福建省の同じ李一族である。

歴史上の英傑をあげればきりがない。体を裂かれても北方侵略者の元朝に降伏しなかったという英雄 文天祥《ぶんてんしょう》(1236-82)が客家の人であったとは日本の歴史では教えてくれなかった。太平天国革命を推し進めた洪秀全《こうしゅうぜん》(1814-64)、日本で有名な清朝打倒の革命指導者、孫文《そんぶん》(1866-1925)、民主路線で人望のあった胡耀邦《こようほう》、中国近代史に光る宋靄齢《そうあいれい》、宋慶齢《そうけいれい》、宋美齢《そうびれい》の三姉妹、廖承志《りょうしょうし》、朱徳《しゅとく》、葉剣英《ようけんえい》など。実業界では客家出身者はさらに多い。日本の家庭でもなじみの深い切り傷に効くタイガーバームで巨万の富を築いた胡文虎《こぶんこ》、タイの謝枢泗《しゃすうし》、その他アジアの華僑の重鎮はひじょうに多く、すばらしいネットワークを形成している。

客家はさらに人文科学、哲学、芸術の分野でもたくさんの人を輩出している。儒学の集大成者とも言われる朱熹《しゅき》(1130-1200)、現代の文豪郭沫若《かくまつじゃく》、言語学の権威王力《おうりき》(1900-86)など。

客家の定義はまだはっきりと決まっていないようである。文化人類学の視点から考えて客家とは漢民族のなかで客家語を使用し、歴史的に唐、宋時代の中原と血縁、地縁をもち、共同の生活様式、風俗習慣、信仰と理念で結ばれている集団であるという(林浩《りんこう》早稲田大学)。漢民族の一支流であってむしろ北方や西方から進入した蛮族の朝廷に屈せず、その純粋性を通すために南方の広東省や福建省の山地に移住して二千年近く伝統と文化、習俗を守ってきた人たちであって、むしろ漢民族の正統というべきかもしれない。

客家の人たちは田畑は売れても客家語は捨てぬと代々いいつがれているほど、言葉に愛着を持っている。自分たちの絆として大切にする。国内海外を問わず、言葉の懐かしい調べを手がかりに仲間を見つけることができるのである。

客家は教育こそ家の宝として教育を重視する。一族の祠堂の前には数百年にわたる多数の石柱が高々とそびえ立つ。これは科挙の試験に合格して名を挙げたことを一族の誇りにして立てるもので巧名柱とも呼ぶ。客家は南の山間僻地に難をのがれ住みついたわけであるが、都会とは違った環境のなかでも学問のレベルはひじょうに高く、古い村では五六〇年のあいだに三六基の巧名柱が立っているところがあるという。

客家でもっとも特徴的なのはその住文化であろう。それは巨大な円形または方形の二階、三階、四階建ての土楼のなかに最高四百を超える部屋があって一族が生活する。血縁の氏族が数十戸から百戸以上もいっしょに生活しており、人数の多いものは七百人にも達している。彼らは助け合い睦み合い禍福をともにし、幼いものは誰でも面倒を見、老人も従って孤独ではない。まことに純朴で、ある面では現代の理想郷であるかもしれない。一方、民族のアイデンティティーもナショナルアイデンティティーも学ぶことなく、ひたすら物質的豊かさだけを享楽している日本とはまことに大きな違いである。二一世紀はやはりアジアの時代、客家の時代にあるのかもしれない。

第3章

凛々《りり》しい日本を希《ねが》う

ユダヤの団体ADLから
人種差別反対者として表彰された。
1983年、ニューヨークにて。

大虐殺《ホロコースト》からユダヤ人を救った日本

世の中には信じられないような不合理なことが平然と行われる場合があるが、これほど理の通らないことはないと憤りを感じたことがある。

海外関連会社の一つであるオリンパス・ヨーロッパに、ユダヤ人の基金団体と思われるコントラステ（KONTRASTE）というところから二百万マルクを支払うようにとの要求があるというのだ。同時にウェブサイトにも支払いをしないドイツ企業のブラックリストに混じって日系企業の名もあり、当社の名前も上がっている。気の毒なことに責任者であるトイフェル氏が名指しで非難されており、電話やEメールでも問い合わせがあるという。

ヨーロッパでは、第二次世界大戦中にナチスに加担したとするドイツ企業を相手どり、賠償を求めての「ホロコースト集団訴訟」ともいうべきものがユダヤ人団体をまき込んで行われている。ドイツ政府をはじめとして官民合わせてすでに五二億ドルの巨額の「和解金」を支払わされていて、ナチの資金を預かったスイス銀行界も一二億五千万ドルを支払った。ドイツの巨大企業ジーメンスやダイムラー、アリアンツなどの名だたる企業がまず膝を屈している。

オリンパス・ヨーロッパのドイツ進出は戦後一八年経った一九六三年であり、誰が見ても大戦ともホロコーストともまったく関係ないのだから、不合理なことこのうえない。血迷った難題としかいいようがない。

米国でも集団訴訟が行われており、この中心人物はエドワード・フェイガンというユダヤ人の人権弁護士である。ドイツでオリンパス・ヨーロッパがまき込まれている「コントラステ」というのが、このフェイガンによるものかどうかははっきりしない。米国ではフェイガンが中心となって、大東亜戦争中のアジア人の強制労働の賠償を求めて日本の有力企業を槍玉にあげて訴えている。新日本製鉄、三菱商事、三菱重工、三井物産、住友商事、昭和電工など、旧財閥系のそうそうたる企業が被告にされている。

フェイガンが進めているのは本人が公言するように「人種差別主義者《レイシズム》」の立場からである。彼は日本がどのような主張をしてきた民族であるかをまったく知らない男であり、それこそ誤った歴史認識をする始末の悪い男なのである。

第一次大戦後、戦勝二七カ国の首脳が集まり、戦後処理のためにヴェルサイユ講和会議が開かれた。議長はフランスのタイガーと呼ばれた老雄、クレマンソー七八歳。米国はドラゴンという渾名のウィルソン大統領。そして英国はライオンと呼ばれた首相ロイド・ジョージ。この講和会議で、日本の首席全権大使西園寺公望《さいおんじきんもち》は「人権平等案」を提出した。これは二〇世紀初頭の欧米諸国の早い者勝ちの搾取と植民地主義の成熟期に提案されたもので、欧米各国が受け入れるはずはなく、否決されたのである。しかし世界に先駆けての人権平等の提案は、われわれ日本人として大いに誇りとすべきものである。のちに国連が結成され人権平等が打ち出されたのだが、そのはるか前に日本は人種差別撤廃を叫んでいたのである。この歴史的事実をマスコミは忘れてはならない。

この数年、第二次大戦中、リトアニア共和国の副領事であった杉原千畝《ちうね》のユダヤ人に対する、いわゆる「命のビザ」がマスコミでとりあげられている。一九三九年七月から四〇年八月までの約一年間、ナチスの手を逃れてきたユダヤ人に対し、杉原は日本通過のための査証《ビザ》を発給した。その数は杉原未亡人の『六千人の命のビザ』に著されている。当時、欧米先進国をはじめ世界の国がユダヤ難民の受け入れに対して極めて冷淡であった。日本はそのころドイツとは防共協定を結んでおり、友好関係にあったにもかかわらず、人権平等はヴェルサイユで提案された国際連盟以来の日本外交の精神であるとして、ユダヤ人に対してもまったく同じに公平に扱うことを海外公館に指示しているのである。昔の日本人は、何かあればすぐ謝罪を繰り返す今の外務省や政府、政治家と違って気骨稜々《りょうりょう》とした人たちが多かったのである。

ただし内外のマスコミは、杉原ビザは杉原副領事が個人の決断で人道的立場で政府の意向にさからって行ったものとして報道している。杉原千畝を「日本のシンドラー」などといって、日本政府を悪玉としたドラマ仕立ての報道である。これはテレビなどがよく使う手法であるが、大きな誤りである。昭和一三年の五相会議においてすでに「ユダヤ対策要綱」として決定されていた日本政府の基本方針であった。最近、NHKテレビなどでもしぶしぶながらこの事実を認めて報道している。ちなみに民放はまだである。杉原千畝は一九四四年、すなわち終戦一年前に勲五等瑞宝章の叙勲を受けている。マスコミのドラマのように政府に反した行動であったならば叙勲などされるはずがないのである。

ユダヤ人問題で特筆すべき人がもう一人いた。樋口季一郎《きいちろう》中将である。彼は旧満州ハルピンの第三師団参謀長や特務機関長をやっていた。このころ、杉原ビザにより酷寒のシベリア鉄道で満州国境まで来たユダヤ人たちを、人道上の問題として独断で全員満州に受け入れた。のちにユダヤ人大会をハルピンで開催するなど、ユダヤ社会では庇護者として有名であった。旧陸軍ではユダヤ問題に精通し、献身した人たちが多かったのである。当時ナチスのリッペンドロップ外相は樋口中将に猛烈に抗議したが樋口中将は防共協定とユダヤ問題は別であると毅然としてはねつけている。

戦争が終わった。樋口中将はソ連の戦犯リストに上げられて逮捕された。しかし世界ユダヤ協会からの尽力によって戦犯から除かれている。かくいう私も一九八三年、ユダヤ最高階層の団体であるＡＤＬ（アイタイ・デファメーション・リーグ）から人種差別反対者として「自由のたいまつ賞」を受けている。エリザベス・テーラーなどに次いでのもので日本人では数少ない一人である。

日本では戦前から国是として人種差別反対の主義があり、対ユダヤでも世界に類を見ない行動をしてきている。ユダヤの人権弁護士も歴史認識を改めるべきである。日本のマスコミも黙して語らぬのは何故であろうか。

野茂投手と小野田少尉と木村摂津守

大リーグで活躍中の野茂投手、ルバング島から三〇年ぶりに帰還した小野田少尉、幕末、咸《かん》臨丸《りんまる》でアメリカに使いした木村摂津守。こんなふうに並べると落語の三題噺《さんだいばなし》めいてこないでもないが、この三人には二つの共通点がある。それは真の「日本男児」であり、またそれぞれの時代を代表する「国際人」であることだろう。

野茂投手は朴訥で寡黙。当初、英語は話せないらしかったし、今も話さない。饒舌でないのが何よりもよい。スポーツ選手に特有の派手なガッツポーズなども見せない。しかし、内に秘めた闘志は堂々としたものであり、みごとな結果をあげている。まさに現代の日本を代表する好ましいヒーローである。

小野田少尉は半世紀以上前、あの時代の教育を受けた誇り高き軍人であり、驚嘆に値する武人といえる。戦後二九年間フィリピンのルバング島のジャングルのなかで戦い続けた。祖国の敗戦も知らず任務解除の命も受けられず、ひたすら任務に尽くしてきた強靱な精神は、同じ時代の教育を受けた一人として涙なくして推しはかることができない。他の戦場での兵士と異なり、取り調べも武装解除もなく、捕虜でもなかった。二九年間着の身着のままの破れた軍服であったが、その誇り高き武人としての態度と精悍な容姿に、フィリピン大統領は「軍人の亀鑑《きかん》」であると讃え、軍楽隊による日比両国歌の吹奏のうちにフィリピンから送り還した。花も実もあり、血も涙もある大統領の措置であった。

時代が下ってノーベル賞をもらうことになった作家が日本政府の文化勲章を拒否し、新聞をはじめとする日本のマスコミはこの反権力的な言動に喝采を送っていたが、私にとってはまことに後味の悪いものであった。

あの難解で晦渋な文章が本当にどれだけ読まれて後世に残るのだろうか。聞けば前からスウェーデン語に訳して売っていたそうであるが。ストックホルムでの受賞にはタキシード姿で英語で演説したという。「あいまいな日本」という題で。パスポートだけは彼が拒否した日本国政府の発行したものだった。このような作家に較べたら、よれよれの軍服姿であっても首尾一貫し、メリハリのきいた小野田少尉の言動の方が感動的であり、世界のどこにでも通用する国際性をもったものであると思う。

終戦記念日の翌日、八月一六日の朝刊の「主張・解説欄」に小野田さんは「戦後二一年に思う」と題して書いていた。小野田さんにとっては戦後五〇年ではないのだ。なんという堂々たる歴史観であり立派な正論であることか。戦後飽きることなく日本民族に対して自虐的なキャンペーンをとり続けてきたA新聞とは絶対に相容れない主張であり、胸のすく思いがした。

木村摂津守は幕末一八六〇年(万延元年)に日本から初めて幕府の遣米副使として軍艦、咸臨丸で使いした。中浜万次郎(ジョン万次郎)が通訳となり、勝海舟も福沢諭吉も乗っていた。木村摂津守は三一歳の若さであった。ジョン万次郎の他に誰一人として英語を話せなかったはず。

しかしサンフランシスコに着いてからは、市長をはじめ連日大歓迎され、立派に使いを果たしたのである。当然のことながら、木村摂津守はちょんまげに裃《かみしも》姿で大小の刀をさしていた。タキシードなどではなかった。初めて見た日本人への好奇心と、これからの通商貿易の相手に対する期待もあってのことだろうが、「頭のてっぺんから足の先まで〝貴人〟である」とアメリカの新聞は評した。木村摂津守個人への敬愛の念からにほかならない。言葉や服装でなくて出処進退、挙措動作が誇りある武人としての法《のり》にかなっていたのである。国際性についていろいろ考えさせられる三人像である。

何が彼らを堂々とさせたのか

一九九六年、ペルーで起きた日本大使館人質事件は強行突入によって解決された。黒い防弾チョッキを身につけたフジモリ大統領は現場にかけつけて、ひるむことなく指揮をとっていた。作戦が終了した直後、陸海空の突入部隊の将兵を前にして三人の犠牲者のために涙を流し、そのあと全員で国歌を斉唱していた。西欧のリーダーは何があっても人前で涙を見せてはいけないといわれているのであるが。

日本のマスコミは例によってフジモリ大統領のパフォーマンスだと書くものもあったが、こうした場面で、このような感情移入のできるリーダーを日本に期待することは無理であろう。あれは戦争であった。戦場から遠く離れた平和な場所にいて批判することはやさしい。フジモリ大統領は堂々とし、颯爽としていた。大統領には正真正銘、日本人の血が流れている。戦後半世紀にわたる日本の不甲斐なさは、決して人種的特徴などではないことを証明してくれた。されば何に起因するのであろうか。

この国は経済力ではペルーとは比べものにならないほど豊かで人々は平和を楽しんでいる。ところが世論調査では、国民の大半は閉塞感をいだき、政治、経済、社会世相のすべてに不満をもっているという。なぜなのか。日曜のテレビで若い政党の指導者は「国家ということは好まない。国民優先であり市民団体を第一に満足させる政治」と言っていた。かつて厚生大臣を務め、官僚打破の旗手として人気のあった人である。自民党のかつての幹事長だった加藤紘一氏は「先に国家ありきでなくて国民の平和、豊かさ、幸せはどうあるべきかを考えたい。私は国家よりも国民と言いたい」と話していたことがある。

しかしどこかがおかしい。国家《ステート》あっての国民であり、国家あっての市民活動ではないのだろうか。政治家は「ステーツマン」と呼ばれるはずである。両者とも、国家とは何かを深く思慮せずに大人になり、国会議員となり、大臣とか幹事長になってしまったからである。

この国のかたちと針路を決めた明治維新の男たちの群像に、今一度光をあてることによって平成の政治家、知識人との違いに思いを致してみたい。明治維新の若者から平成の人たちへのメッセージとして。

近代国家の範《はん》を欧米に求めて明治四年、一年一〇カ月の長い間、日本を留守にして視察研究の旅にあがった岩倉使節団の大記録がある。使節団の随員ではつぐんの博識であった当時の知識人、久米邦武の書き残した「米欧回覧実記」というのがある。新しい国づくりの基礎となった「廃藩置県」を断行した直後の出航である。一発の弾も放たず、一滴の血も流さずに封建制度の典型であった藩を撤廃し、世界に例を見ない「無血革命」をやりとげたわずか六カ月後、明治政府の中心人物達が欧米視察に出たのである。今では考えられない壮挙であった。

彼らは皆、驚くほど若かった。全権大使岩倉具視《ともみ》、四七歳。大久保利通《としみち》、四二歳。木戸孝允《たかよし》、三九歳。伊藤博文、三一歳。それに随員を入れて一二五名の大人数であった。女性も五名いて、後に津田塾大学の創始者となる津田梅《うめ》はわずか八歳。会津藩出身の山川捨松《すてまつ》は美しい少女でその聡明さは早くからアメリカで評判であった。今でも有名なヴァーサ女子カレッジを優等で卒業、帰国後は薩摩の大山巌元帥と政略結婚させられるのであったが。

久米邦武、三三歳に代表される知識人がなぜ高度の文明、異質の文化に遭遇しながら少しもたじろがず、冷静に観察し公平に分析し、咀嚼して「米欧回覧実記」のなかであのように立派に表現しえたのであろうか。そこには国づくりという強烈な使命感があったことはむろんであるが、その背景には真の教育がそなわっていた。事実、漢語による豊かな語彙と表現力には脱帽する。文明をまるごと観察したエンサイクロペディアの書物であり、鉄のつくり方からガラスの製造法、紡織機の構造にいたるまで「技術レポート」としても立派に通じるものである。またスコットランドやスイスの風景描写など漢語による表現はみごとなものであった。

使節団の訪問先の各国各都市では大変に好意をもって迎えられ高い評価を得ていた。服装は問題ではなかった。当時のニューヨークタイムズは使節団の一行は「太古以来のいろいろの型の風変わりなイギリスの既製服を着て」と書いている。言葉は通じなくてもその所作や表情から「礼儀作法の点ではアメリカ人は日本人に教えられることが多かろう。彼らは上品に礼儀正しく会釈し、何の苦もなく紳士的な敬意をもって人を遇する。客間でも公の場でも街頭でも彼らのふるまいは高く称賛された」と記されている。

何が彼らを堂々とさせ、颯爽とさせたのであろうか。たしかに勇気があり、まったくといってよいが劣等感も卑屈さもなく毅然としていた。この国の国づくりをどうするかという高い志があった。現代の日本の各界の指導者、とくに政治家と比べて考えさせられる。

リーダーにはいくつもの条件がある。使節団一行にはこの国のサムライ的精神、すなわちリーダーたるものの精神があった。新渡戸《にとべ》稲造博士は著書『武士道』の中にサムライ精神を説き、日本人が長い歴史のなかで育んで来た徳目だと自分のアメリカ人妻、メリー・エルキントンに説明している。つまりそのバックボーンは武士道であるという。

「武士道は今なおわれわれのあいだの力と美の生ける対象である。それを生み育てた社会状態は消え失せてすでに久しい。しかし昔あって今はない遠い星がなおわれわれの上にその光を投げているように、封建制度の子たる武士道の光はその母たる制度の死したる後も生き残って、今なおわれわれの道徳の道を照らしている」と。

明治維新のころは若者まで武士道は光っていた。今は完全に消え失せてその残光すらない。

アメリカを見てきたジョン万次郎

大学生の学力低下が問題となっている。とくに分数の計算のような基礎的なものができないそうである。しかし、ある大学の先生によると、昔の学生もそんなものだったという。今は学力はなくてもコンピュータを操作できるとも話していた。いろいろ言われているものの、学力の低下が顕著だから大学では補習授業をせざるをえないのではなかろうか。

いったい今の学生たちに、ゆとりとか癒しなどが本当に必要なのだろうか。疑問に思えてしかたがない。

ローマで『ローマ人の物語』を書いている塩野七生さんは日本人にもっとも欠けているのは一般教養《リベラル・アーツ》であるという。リベラル・アーツとは、歴史学とか哲学の総称であって、日本人の指導者、とくに政治家には欠けており、欧州の政治家のなかに入ると話題がなくなり、見おとりするという。

朝日新聞の船橋洋一氏が問題にしてから、日本人の英語力のなさがあちこちで取り上げられている。グローバリゼーションが叫ばれるなかで今後大きな問題となるであろう。塩野さんによれば、英語力の国際試験であるＴＯＥＦＬの平均得点は世界一八九カ国中一八〇位とか。ベトナムやアフリカの国々よりも劣っている。かろうじて、鎖国している北朝鮮よりは上らしい。いくら英語を流暢に話せても日本語があやふやで日本文化や一般教養に欠けていては一流の仕事ができないのではなかろうか。

日本の通訳の最初は、何といっても幕末のジョン万次郎であろう。土佐の貧しい漁師の家に育ち、一五歳のとき小さな漁船で遭難してアメリカの捕鯨船ジョン・ハラウント号に救われた。八丈島の南の無人島、鳥島に漂着していたときであった。

万次郎たちがひじょうに幸運だったのは、アメリカの良識を代表するような立派な人格の船長にめぐり会ったことだった。船長ウィリアム・Ｈ・ホイットフィールドはメイフラワー号で新大陸に渡ったピューリタンの子孫、誇り高い理想主義者の多い中でアメリカ人のシンボルのような人であった。これに従う船員たちも善意の人たちが多かったのだろう。

万次郎たち五人はハワイで下船させられた。船長ホイットフィールドは捕鯨をやりながらの六カ月間の航海中、万次郎をよく見て来た。少年は賢く言葉も誰よりも早く覚え、船の仕事もよくこなした。明るく、ものおじせず、誰からも好かれた。それに節度があった。日本人漁師たちは万次郎を含めて靴を苦手としてふだんは裸足であった。万次郎は船長に呼ばれるときは必ず靴をはき、服の皺をのばしてその前に立った。靴をはくことが船長の前に立つときの礼儀と心得ていたのである。ホイットフィールド船長は万次郎が気に入り、将来有望な少年と見抜いて彼をアメリカの自宅に連れ帰りたいと漁師たちにもちかけたのである。

ところで、キリスト教宣教師フランシスコ・ザビエルの渡来からすでに四五〇余年が過ぎた。ザビエルが日本の鹿児島に渡来するきっかけとなったのは、当時マラッカで日本人の少年ヤジロウと出会ったことであった。ヤジロウは鹿児島の士族の出であったというが、非凡な才能をもち、ザビエルも敬服し、このような少年を育んだ日本に行き布教したいと願ったのである。万次郎といい、ヤジロウといい、聡明な少年たちが日本にいたのである。

万次郎はマサチューセッツ州のフェアヘブンのホイットフィールド船長の家から学校に通い、懸命に勉強した。「読書を好むことは驚くばかりで、その進歩は著しく、つねにクラスの首席となり優等の成績で卒業した」とフェアヘブンの学務委員長は書き残している。

一〇年ぶりで鎖国下にあった日本に帰った万次郎は、処罰されなかったもののずいぶん苦労した。土佐藩に召しかかえられた彼は、やがて幕末の風雲急をつげていた情勢のなかで、幕府に招かれて微禄であったが幕臣となった。中浜万次郎の誕生である。無名の漁師が士分に取り立てられたうえ、将軍の幕臣となったのだから身分制度の決まっていた当時は異例の出世であった。思えば日本でただ一人アメリカに住み、学校で学び、アメリカの時代を見てきた男である。しかもアメリカ文明を適切な日本語の表現で伝えることができる貴重な存在であった。

漂流者は他にもたくさんおり、帰国後の話も珍奇なものが多かったが、万次郎によるアメリカ社会の解析は、普遍的な深い知識に裏打ちされていた。

万次郎はしかしペリー来航のときには通訳に登用されなかった。今の時代から考えればまことに奇妙なことであった。本人も内心希望していたのだったが結局は出自が士族ではなく下層の漁師であったため、家老などから信用されていなかったのである。当時はオランダ語の通訳を介して日本語に訳すという、まわりくどいことをしていた。さらに万次郎は一五歳で日本を離れたために、日本語の語彙も少なかった。和漢の文学には当然くらかった。

のちに、英語を教えるかわりに懸命に日本語を習ったとのことであったが、万次郎の帰国後、何かと面倒をみていた土佐藩の江川太郎左衛門はのちにしみじみとペリーの通訳をしなくてよかったと話している。アメリカ人たちは当然その流暢なアメリカ語に驚き喜んだであろうが、他の通訳たちのやっかみと猜疑心をかったことであろうというのだ。しかしのちに、アメリカに使いする咸臨丸の通訳として海軍奉行、木村摂津守や勝海舟、福沢諭吉に同行することになる。いろいろな苦労はあったが、水を得た魚のように力を発揮して使節団は立派に使いを果たした。

ニューヨークの東に伸びるロングアイランドのオリンパス・アメリカの近くにロイドハーバーという小さいが美しい港町がある。昔、捕鯨で栄えた町である。近くに小さな捕鯨の博物館もある。この町を通るとき、いつもジョン万次郎の学んだフェアヘブンを憶い、通訳としての先人の苦労を偲んだものである。

国境のない国、日本

日本海に浮かぶ孤島、竹島に突然火がついて、韓国側が自国の領土であると主張し、問答無用とばかりに騒いでいたころ、日曜日の民放テレビで若い女性タレントがいかにももののしり顔に意見を述べていた。「二一世紀はボーダーレスの時代というのに、日本はなぜあのような誰も住んでいない島に固執するのか」と。

またロンドンでは一年半ぶりに北アイルランドのＩＲＡ爆弾テロが起き、多数の死傷者が出た。そのときの民放ニュースを聞いてわが耳を疑った。有名キャスターが「北アイルランドが独立したいというのなら、英国は独立を認めたらよいのに」とさらりと言っている。

一国にとって領土とは、それほど軽いものであろうか。領土は国境を形づくり、最近は二百カイリの「排他的経済水域」を全面設定し、国連の海洋法条約の批准、承認をしなければならない。資源の少ない日本の海洋資源の捕獲はもちろん、漁業の既得権も確保しなければならない。直接われわれ国民の生存に影響してくる問題でもある。有史以来、国境を持ったことのない日本は国境の持つ意味、国境の重さが理解できないできている。素朴でナイーブな人たちが深く考えないでテレビなどのマスメディアで発言しているのを聞いて、いろいろ考えさせられるのである。

数カ月前、新聞に次のような記事が小さく載っていた。それはチェコとドイツの国境のズデーテン地方に関して、ドイツがチェコに「謝罪」を要求し、ハベル・チェコ大統領が人道的立場で「遺憾の意」を表したが、ドイツは不十分で話にならないと突っぱねたとのこと。「謝罪」はドイツがチェコに要求したのであってその逆ではない。

謝罪とは、国際条約に違反したとき以外は国家としてすべきでないと思う。ズデーテンはチェコの北西部、ドイツ国境に接した元ドイツ植民地である。一九三八年、ヒットラーがドイツへの併合を強引におしきり、戦後一九四五年ドイツの敗戦でチェコに戻った。そのときのズデーテン・ドイツ人たちが非人道的な追放と、取り上げられた土地財産に対しての返還を求めて、チェコへの要求となったものである。小さな地域のズデーテン問題はいまや二国間の大きな外交問題となっている。東独を併合して大国に生まれかわったドイツがなぜ小さなズデーテン地域に固執するのであろうか。国土の重み、国境の尊厳と民族の歴史のためである。

台湾の民主的な総統選挙の直前に、中国はミサイルを台湾の海域ぎりぎりのところに打ち込んだ。一発は台湾北東であって与那国島の眼の前である。翌、日曜日の朝刊で、読売、産経、日経は一面に記事を載せていたが、有力二紙は載せなかった。二紙にとっては一面に載せる価値のない記事、すなわち重要記事でないという意思表示である。

はたしてそうであろうか。与那国島を新宿とすると八王子付近にミサイルを打ち込んでいることになる。漁民はとても海には出られない。それだけでなく、台湾と中国の問題は米軍がからみ、日本の安全保障に関係してくるはずだが、この二紙はその重要性を感じていなかったのだろうか。マスコミのスタンスとその影響は計り知れない。国家、民族、国益を考えないようでは国民をミスリードする。自虐的な報道姿勢は国民の自信と日本の歴史や文化に対する誇りを失わせてしまうことになる。日本に必要なのは、日本自体の再認識と自信の回復にあるはず。この国のマスコミに国益というものさしを要望することは、もはや不可能となったのであろうか。

国境のない国＝日本。他国と接し、異民族と交流したことのない国＝日本。閉鎖された土地、社会に馴染んだ民族は国際化の波に洗われて右往左往している。日本は時として免疫性のない幼児のように素直で純真すぎて危険性を感じる。憲法前文の理想主義と、権謀術数と覇権主義のうずまく現実を区別できないでいる。国には必ず国境があり、多かれ少なかれ国のエゴがある。このエゴはそれぞれの国の国益ということになるのかもしれない。民族の間にも人種の間にも現実として国境があり、エゴのあることを日常の国際情勢のなかでくみとっていかなければならない。

彦島を渡さなかった高杉晋作

一九九七年七月一日、香港は中国に返還された。香港出張のおりは、夜ホテルで眠る前にベッドに横になって、大きな窓のカーテンを全部開き対岸の香港島のわが社のネオンを眺めるのが習慣となっていた。光にゆれる珠江《じゅこう》の対岸に華やいで輝くネオンの数々は百万ドルの夜景といわれるだけに壮観である。とくにわが社の淡いブルーのネオンは、隣のどぎつい赤の航空会社のものに比べて品格があり、霧でもやっている夜空を通してよく映えて見える。ライトブルーは暗くなる薄暮のころがもっともきれいであるとおもう。

眠りにつくまでネオンを眺め、来し方、行く末のことなど、とりとめなく考えをめぐらすのがつねであった。あの夜は、香港返還の興奮が刺激となったのか、若いころに好きだった歌の一節を知らないうちに口ずさんでいた。

桃原《とうげん》の夢、覚《さ》めし時、殊勝《しゅしょう》や長《ちょう》の武夫《もののふ》が迷える民を警《いまし》めし、
砲《つつ》の響《ひびき》に外《と》つ国の連合艦隊撃破しぬ、由来我眼《ゆらいわがめ》に敵もなし。

日本が幕末の長い太平の夢から覚めたとき、長州の若ざむらいたちが殊勝にも国民に警鐘を鳴らした。下関海峡におし寄せていた、英国、米国、オランダ、フランスの連合艦隊十七隻に

大規模な戦争をしかけ、大砲を打ち放ったのである。それ以来わが眼中に敵はないのだという勇ましい歌である。これは第二次大戦のことではない。平和ボケしていた幕末のことであった。約一六〇年前の一八四〇年、イギリスは極東に手をのばしてアヘン戦争に火をつけ、清国から香港を租借のかたちでもぎとった。さらに二〇年後の一八六〇年、第二次アヘン戦争と呼ばれるアロー戦争で香港の対岸九龍市を手に入れている。そして三年後の一八六三年、文久三年に欧米連合艦隊は関門海峡におし寄せ、世にいう馬関戦争となった。

　関門海峡で勃発した戦争は、近代兵器で装備された欧米列強の武力に初めて日本人が遭遇したできごとだった。長州の攘夷論者たちは、相手を知らずに飛びかかり、その貧弱な軍備と幼稚な知識は致し方ないとはいえ、現代人の眼には滑稽そのものに見える。

　前述の歌の勇ましさとはだいぶかけ離れたものであった。しかし幕末の高杉晋作や伊藤博文、井上馨などの若い志士たちのおかげで外圧をしりぞけ、清国や香港のように領土を侵されずにすんだことは、いくら感謝してもしきれるものではない。

　このとき起用された長州の高杉晋作は二五歳。民兵組織の騎兵隊を創設し、連合艦隊の迎撃と上陸阻止に立ち向かった。貧弱な装備で、かなわぬ敵に立ち向かう蟷螂《とうろう》の斧の感があった。幕末の若者たちの志だけは壮《さか》んであった。

　高杉晋作は攘夷決行の前年、藩主毛利敬親の命により上海を視察した。このとき、清国はだらしなく欧州列強国の属国化していた。その状況をつぶさに目撃して帰り、若かったが広い視野で世界を見ていた。見る眼があったのである。

　連合艦隊の将兵は一年三カ月のあいだに何回か上陸戦を決行し、下関近郊で戦っている。長州兵は近代装備の敵には到底かなうものでなかった。大砲も中には木をくり抜いて竹の「たが」をしめた、見せかけだけのものもあった。ドン・キホーテのようであって本気かどうか疑うほどであった。

　ついに長州勢は講和のための談判をやることになり、高杉晋作をふたたび起用し、連合艦隊との交渉に当らせることにした。晋作は脱藩の罪で座敷牢に入れられていたが、こんなときに敵艦隊に単身乗り込んで談判できるのは晋作しかいないと伊藤博文らの進言で牢から出された。しかも笑ってしまうのは、敵方の要求する藩主を交渉に出すわけに行かず、自ら家老に化けたことだった。実在しない宍戸某と架空の名をなのり、急きょ服装をもらって正使になりすました。敵方の通訳は、のちに有名な外交官となるアーネスト・サトーであった。長州藩の名簿を調べて宍戸などという家老は実在しないということから大騒動となった。笑うに笑えない喜劇である。とはいえ、晋作や博文の芝居でやりすごしたのである。

　この講和談判の際、英国側から下関の西端に位置する「彦島」を租借したいという要求が出た。高杉晋作は強硬な態度で断固として拒否した。晋作の面目躍如というべきものであった。現在の迎合と謝罪だけの政治家と比べて何と大きな違いであろう。もし「彦島」が英国の手に渡っていたら今ごろはどうなっていたことか。

伊藤博文も自伝の中で回顧して、「今より思えば危うかりき。此の島は今の香港、九龍にもひとしき運命に陥りしやも知れず」と記している。

関門海峡は川ほどの狭い流れである。九州と下関の山に挟まれて蛇行する海峡は風光明媚で国立公園に組み込まれている。「彦島」の面積はちょうど九龍と同じなのも奇妙な一致である。

世界史のなかの信長の軍事革命

織田信長が世界の軍事史のなかで、陸戦・海戦の両方で革命を成し遂げた人物であることはあんがい知られていない。さらにもう一つは——これは後世の日本にとってもっとも大事なことになるかもしれないが——一向一揆を弾圧、壊滅させ、早い時期に政教分離を成し遂げたことである。

信長の戦いでよく知られているのは、長篠における鉄砲の大量使用により、宿敵とされた武田勝頼の剽悍《ひょうかん》をもって鳴る騎馬軍団の突撃を粉砕したことである。

鉄砲は一五四三年ポルトガル人が種子島に漂着したときにもたらされた。これは先ごめのマスケット銃と言われたものであって、日本の鍛冶職人はすぐに模倣を試みて作りあげた。そして一二年後の一五五五年、武田信玄はこのマスケット銃を合戦で使い効果をあげている。しかし二〇年後の一五七五年の長篠の戦いでは、皮肉なことに鉄砲の先駆者であった武田軍が伝統の騎馬軍団の威力を過信して固執するあまり、織田信長の戦術にあって全滅したのである。

信長のすばらしさは、火薬をつめたり、弾をつめるのに手間どる鉄砲の不利をすばやく読みとって、「敵、馬を乗り入れて来たら距離一丁(約一〇九メートル)までは鉄砲を打たすな。間近まで引きつけ千挺ずつ打ちかけ、一段ずつ交替で打たすべし、と下知したまいて」(信長記)としたことだった。

信長の戦術は合理主義であって物量戦である。続けざまに射撃が繰り返されるように、あらかじめ一斉射撃の訓練をしておいた三千人のマスケット銃兵を、この合戦で千人ずつ横列に並ばせて配置した。当時の絵巻物によれば、のちの世の黒沢明監督の映画『影武者』の戦闘シーンが真実に近い構成であることがわかる。

ヨーロッパでは当時の鉄砲の欠点の解決法は二〇年後の一五九四年まで考案されなかったし、広く普及したのは一六三〇年代のことである。信長はヨーロッパ人の気づく前にこの戦法で大勝利を手にしていたのである。

もはや一騎駈けの勇を誇る時代ではなかった。この長篠の合戦は、武田に代表される伝統的な騎馬攻撃戦術から、信長の新しい時代の名もない足軽兵の鉄砲集団戦術に移り変わる大きな潮流の転換点でもあった。鉄砲を主戦兵器とした近代集団戦への革命的変革であった。

信長の軍事史に於けるもう一つの革命は海戦において鉄甲船、つまり巨大戦艦の建造と海戦に大勝利をおさめたことである。このことはほとんど知られていないし、また残念ながら、この鉄甲船の外観図などの絵は残されていないので推測するしかない。

鉄砲の実戦における大量使用は世界に先駆けること七〇年ぐらい。これに対して鉄甲船の登場は、ヨーロッパではキャプテン・ドレークがスペインの無敵艦隊を破った一五八八年の戦いであった。これまた一〇年早いことになる。信長は誰に教わったわけでもなかった。世界の常識を遥かにに超えた独創的発想であった。

石山本願寺の顕如《けんにょ》は、先に信長によって壊滅させせられた門徒衆の越前一揆、長島一向一揆のあと最後の総力戦にそなえて軍備を整え、毛利水軍の来援を待っていた。毛利にとっても反信長の最大勢力である畿内の石山本願寺が瓦解すれば、次は西国に襲いかかってくることは明らかに予測された。

天正四年(1567)、毛利輝元の水軍九〇〇隻が、本願寺顕如のもとに糧食の補給のためにぞくぞくと西国を出航してきた。織田水軍のこの最初の合戦は完膚なきまでに壊滅させせられた。未熟で海戦の経験に乏しい織田水軍は毛利軍の敵ではなかった。巨大な大安宅船《あたかぶね》一〇隻を主力とした織田軍は火をかけられて敗北し、二千余名を討ち取られて大惨敗したのである。

しかし信長の念頭には長篠において壊滅させた武田軍団の姿が浮かんでいたはずである。武田と同様、毛利水軍にも過去の戦法への過信と惰性があると確信していた。

信長は三千石積を超える大安宅船を作り、三ミリの厚さの鉄板で装甲することにした。そして模型を作り実験を繰り返し、めどがたつと伊勢の海賊九鬼氏に命じ、伊勢大湊で一年半で計六隻を造ることにした。またそれまで日本では大砲は二〇〇匁《もんめ》玉しか造ったことがなかったが、近江の鍛冶職に命じて一貫目玉の、当時では途方もない巨大な大砲を造ることを厳命した。

天正六年一一月、毛利軍船六百隻がふたたび兵糧を満載して木津河口に現れた。織田方の海賊九鬼氏は六隻の巨大な鉄甲船と一隻の大安宅船の周囲に快速船数十隻を配し敵を迎え撃った。毛利勢は前と同様、小早船(快速船)を撃破し、大安宅船も火をかけて炎上させ、戦線から離脱させた。だが鉄甲船はいくら火をかけても燃えあがらない。九鬼氏は敵の安宅船が大砲の射程に入るまで我慢に我慢を重ねていたが、機をうかがって大砲の一斉砲撃を行った。形勢は一挙に逆転した。毛利水軍は陣型を乱して逃走した。

これは海戦の「長篠の戦い」であった。技術革命の勝利であった。新兵器の大胆な投入で圧倒的な戦力を有していた毛利水軍に完勝したのである。

この後、顕如は石山本願寺を出て逃れ、本願寺は焼け落ち、信長は天下統一に大きく歩を進めた。

キリスト教文明のヨーロッパでは中世以来、政治と宗教はつねに対立して歴史を造ってきた。日本では織田信長という前例も後例もない破天荒な男によって政教分離が成し遂げられていたのである。

蒙古来る　我は怖れず

二〇〇一年のNHKの大河ドラマにもなった北条時宗といえば、何といっても元寇である。元寇とは元軍による侵攻であり、文字どおり元軍が仇《あだ》をなすことであった。日本が有史以来初めて直面した大国難である。第二回目の弘安の役では元が属国の朝鮮の高麗軍と壱岐の島で合流、三五〇〇隻の大戦団と十数万の軍勢で海を埋めて九州博多上陸を試みたのである。

元寇といえば、古い人は先ず思い浮かべるのが頼山陽の「蒙古来」の文章である。

筑海《ちくかい》の颶《ぐ》着《き》　天に連《つら》なりて黒し
海を蔽《おお》いて来る者は何の賊ぞ
蒙古来る　北より来る
東西次第に呑食《どんしょく》を期す
趙家《ちょうか》の老寡婦《ろうかふ》を嚇《おど》し得て
これを持《じ》して来たり擬《ぎ》す男児の国
相模太郎《さがみたろう》胆甕《たんかめ》の如く
防海の将士　人各々《ひとおのおの》努む
直ちに前《すす》み賊を斬り　顧《かえり》みるを許さず

蒙古来る　我は怖れず
吾は恐る関東の令　山の如きを
吾が檣《ほばしら》を倒し虜艦《りょかん》に登り
虜将《りょしょう》をとりこにして吾軍《わが》喊《かん》す
恨むべし東風一駆大涛《いっくだいとう》に付し
羶血《せんけつ》をして尽《ことごと》く日本刀に膏《あぶらぬら》しめざりしを

筑紫、博多の海はあたかも暴風のときの暗雲が天に連なって真黒で凶々《まがまが》しい。海を蔽ってやって来た者はどこの賊軍か。蒙古が来た。北から来た。蒙古は着実に東西の国を呑みつくそうとしている。中国南宋の老未亡人とも言うべき楊太后を嚇《おど》して中国全土を併呑《へいどん》し、それと同じやり方で日本という男児の国を嚇し取るつもりで来た。ところが相模太郎と呼ばれた、北条時宗の肝っ玉は甕《かめ》のように大きく、びくともしない。北条時宗の命令は「まっしぐらに進んで敵を斬り、後を振り向くな」だ。蒙古が来た。われわれは恐れない。われわれが恐れるのは関東の執権、北条時宗の命令が山のように厳然としていることである。武将の河野通有《こうのみちあり》は自分の小船の帆柱を倒して敵の大船によじ登り、敵将を捕虜として勝鬨《かちどき》を上げた。残念なことには折からの大風が起こって敵船は大波に呑まれてしまい、生臭い羊の血の臭いのする敵兵を、ことごとく斬り捨てて、日本刀に膏《あぶら》を塗ることのできなかったことである。

弘安四年（1281）以来七二〇年のあいだ、元寇に対して日本人のいだいていた昂揚した気持ちを頼山陽の名文ほどよく代弁してくれたものはない。

ところが不可思議なことがあった。ＮＨＫはついぞ元寇という言葉を使わず、蒙古ということで終始していたのである。蒙古が来たというだけであった。なぜなのか。

蒙古はチンギスハーンの時に部族を統一し、元の国家を造った。その後蒙古軍は中央アジアから中央ヨーロッパ、ロシア、フィンランドを併呑してフランスのノルマンディー海岸まで達している。その残虐性は現在でもヨーロッパでは語り継がれている。文永・弘安の二度の侵攻には対馬に上陸し徹底的に残虐の限りをつくした。男子はことごとく殺され、女性、子供は掌に穴をあけて数珠《じゅず》つなぎにして軍船で海のなかを引き廻した。現在でも東北地方の童唄《わらべうた》には蒙古の恐ろしさを唄ったものが残っているという。

世祖フビライハーンのときに都を北京におき、大都と呼んだ。当時中国は宋の時代であり、北部はすべて元の支配であった。南宋は元に抗していたが、国力も衰え、忠臣、文天祥《ぶんてんしょう》のような人も亡くなり、やがて亡び、フビライの統治する元となっていったのである。弘安の役の数千隻の軍船も江南地区で建造して壱岐に向かわせたのである。

ＮＨＫが元寇といわずに蒙古といいはったのは、現在の中国に対する気がねであろうか。もしそうならば卑屈というにほかならない。歴史を歪曲することになる。

今ひとつ気になったのは「神風」という言葉は一度も使わなかったことである。科学の進歩で今では台風であったことは誰でも知っているが、少なくとも中世の当時の人はもちろんのこと、ずっと後世まで神風といわれてきたのは事実である。六〇年前の第二次世界大戦の日本では、神風に甘えていたと言えるかもしれないが。

中世は洋の東西を問わず国難や天変地異の災害に当たっては神仏に祈る以外に方法はなかった。ジャンヌ・ダルクが魔女裁判で火あぶりの刑にされたのも中世では例外ではなかった。当時、亀山上皇自らが国難に当って「敵国降伏」の勅額を筥崎宮《はこざきぐう》に揚げたのである。京都の公卿たちや鎌倉武士たちもすべて神仏の加護をいのり祈禱した。筑紫の海を埋め、上陸寸前の大軍が大嵐に遭遇して一夜のうちにことごとく木っ端微塵となり、死屍累々《ししるいるい》となってしまったことは神仏の加護、神風と思うのは自然であろう。科学の進んだ現代の視点で七二〇年前の人達の心情を裁くのは愚かというものである。最近は歴史に対して農民、農村を中心として、一向一揆の世界を強調する歴史家が多い。とくに「差別」というような近代的視点の追求が主流となってきた。歴史学者の中にもこの学説が多い。農村、漁村、都市文化も歴史として必要であるが、中心となる人物が表面に出て活躍して初めて歴史への興味が生まれる。元寇に当っての北条時宗のリーダーシップ、竹崎季長《すえなが》、河野通有《みちあり》などの勇猛さが描かれて初めて血が沸き、興味をもつのである。頼山陽もあまりの変わり方に驚いていることであろう。

アダムとイブの残したもの

一九九五年、ドイツの工場の増築が完成したとき竣工式に招待されたが出席できず、半年ほど経ってから出張途中にたちよった。金曜日の午後であった。会議室に通され、待っていた四、五人の幹部の人たちがシャンペンを抜いて乾杯。様子が変だとは思ったが竣工式に出られなかったので、あらためてお祝いするのかと考えてこちらも調子を合わせていた。そうこうしているうちに時間も過ぎるばかりで、いっこうに工場に案内してくれない。しびれをきらせて「まずは工場を見たいのですが……」ときりだした。

工場は電気が消えていて誰もいなかった。工場を見せたくなかった理由がやっとわかった。ここは気がついてみると日本ではなくてドイツであった。ドイツ産業界の状態がここまできているのかと軽い驚きと強い失望を覚えたのであった。国際競争力も落ちるわけである。EUの統合を急ぎ、通貨も一つにして米国、日本、アジアの経済力に対抗して行かざるをえない現実を見た感じがした。

その後しばらくして、ツアイスの会長とライツの社長などとスイスで会食する機会があった。ドイツの工場のエピソードを話して「ドイツはもう、われわれのイメージにあるドイツではないですね。勤労精神もかつてのドイツ魂も失われた。誠に残念です」と述べると彼らは笑って、「貴方のところはまだよいですよ、われわれの工場は金曜は朝から休みです」と。すでに週休三日制になっているというのである。くわえてドイツの労働者は月曜日にズルサボをするという。医者は簡単に病気の証明書を出す。これでは週休四日ではないか。

ドイツ産業の生産性は地に落ちた。失業率も一二パーセントで昔の元気はない。どうしてこのようになってしまったのだろう。

ローマ帝国の衰亡にはいろいろの説がある。「モノ作り」の力がなくなり、「モノ作り」は北方異民族のガリア地方に移ってしまったためという。しかしもっとも強い説得力をもつのは、ローマ人は働かなくなり、最後のころは一年の休日が二〇〇日を超えるようになっていたということである。

もともとヨーロッパ人は休暇をとることを何よりも大切と考える。とくにドイツ人たちは夏には家族を挙げて休暇に出る。それはゲルマン民族の大移動であり、親が死んでも、何が起きても休暇《ウアラップ》最優先である。休暇なくして人生はないにひとしい。休暇の言葉はすべてに対していいわけのできる免罪符となっている。昔、事務所の中の職場で年初の一月二日に日程表が配られ、それぞれの休暇を書き込み調整した。これが一年の仕事初めであった。

ドイツでは戦後早くからブラント首相、シュミット首相など、有名な社会主義内閣が長いあいだ続き、社会主義の常として労働者の休日を増やし休暇日数を増加し、労働者や労働組合に飴玉《あめだま》を与え色目をつかってきた。その結果、一九七〇年代からの高度成長期には休暇をとる人が多くなり、生産現場でのベルトコンベアは止まってしまった。「モノ作り」の場において米国や日本に水をあけられて追いつくことができなくなった。伝統あるカメラ産業からの撤退はこの象徴であった。

紀元前七千年から八千年の神話の時代、アダムとイブはエデンの園で楽しく住んでいた。ある日、神様が食べてはいけないと禁じていた「禁断の木の実」を蛇にだまされて食べてしまい、神の怒りにふれてエデンの園から追放された。これがいわゆる人間の原罪である。そして罰として与えられたのが労働であった。それ以来、キリスト教文明では労働は刑罰であり、苦痛なものであり、厭《いと》わしいものとなった。古典経済学の祖であるアダム・スミスでさえも「労働は苦痛なものである。しかしその労働で生み出されたものによって、われわれは便利になり楽になって休暇も多くとれるのである」といっている。

労働や勤労を表す言葉、すなわち英語はレイバー(labor)であり、ドイツ語はアルバイト(arbeit)、フランス語はトラバーユ(travail)であるが、いずれも苦しみ、苦痛、苦労、刑罰の意がある。キリスト教文明の中では日本とはニュアンスが違うのである。日本人の日常語になっているアルバイトという言葉はやたらに使うものではなく、ドイツに住んでみて、その言葉の使い方が微妙に違うことを知った。トラバーユという就職雑誌が店頭に並んでいるが、欧米人が見たらどのように感じるのだろうか。

日本語では、労働、勤労には西欧的ニュアンスはない。額に汗して、体を動かし、手を汚す労働にはむしろ精神的な崇高さと前向きなものを感じる。日系三世のアメリカ人学者フランシス・フクヤマは『歴史の終わり』という名著のなかで、日本人の勤労意欲にふれて「浄土真宗信仰の厚い」ために日本人は働くことを厭わないのだという。しかし、この説はどうも賛成しがたい。

一方、神道の祝詞《のりと》の中に「依《よ》さし」という言葉があって、これは神に依託されて田畑を耕すことであり、神に託された労働であり勤労なのだという。従って労働、勤労は神聖であり、苦痛、刑罰の意はないのだという。いろいろの祭の神事の祝詞を聞くときには、うわの空でなく耳をすませて「依《よ》さし」の言葉を聞くことにしたい。アダムとイブの食べた「禁断の木の実」も思わぬ波紋を後世に残しているのである。

お山の大将、月ひとつ

「あなたは最後に何を聞きたいか」と、ある雑誌に出ていた。音楽のことである。ある人はカラオケの持ち歌であり、ある人はクラシックのメロディーであろう。またある人はジャズであったり、ロックであるかもしれない。年老いた人は童謡や軍歌であろう。「うたは世につれ、世はうたにつれ」と言われて来たが、これは真理であるとおもう。音楽は健全な人々に健全な酔を与え、夢見させ、勇気を奮いおこし、幸せにしてくれるものである。

機会がなかったためか、私にはついにカラオケの持ち歌はできなかった。古い童謡や昔の小学唱歌はほとんど覚えていて、よくまあと感心することさえあるのだが。

子供たちが小さかったころ、寝つかせるときの子守歌として歌ったのはすべて童謡であった。「故郷の空」とか「朧月夜」とか、いわゆる小学唱歌の故郷《ふるさと》に関するものであった。

明治は日本近代史の中で、地方から急速に都市に向かって人が流れていった時代であった。とくに日露戦争の後は、アメリカをはじめとして中国大陸などに海外雄飛を目指した時代であった。また一方で、戦争はその大きな力で人々を土地から引きさいていった。故郷を遠く離れ、残してきた人や山や川のたたずまいを思い出す歌が、人の心にしみるようになった時代である。明治維新までは、ほとんどの人たちがある土地に生まれ、そこで育ち、やがて老いて同じ土地で亡くなっていくのが普通であった。しかし、人々の流動が多くなるにつれて、生まれ故郷の山河を偲ぶ気持ちはごく自然のものとなった。だから「幾年《いくとせ》ふるさと来てみれば……」の「故郷の廃家」とか、故郷の四季を歌った数々の懐郷、望郷の歌がつぎつぎと作られて来たのである。

いまはどうであろう。地球は狭くなり、小さくなり、人の流動はさらに激しく、海外に住むこともあたりまえとなり、離郷の切なさなど感ずることもなくなってしまったのだろう。あるいは、都会が刺激的であり過ぎる一方で、故郷の山河が荒れ果ててしまい心を引き止めてくれなくなったためであろうか。日本でも有名な「王維」の漢詩に、西域に向かって故郷を離れる

「元二」という人との別れの歌、「西の方陽関を出ずれば故人なからん」の気持ちも理解できなくなり、まったく聞くことがなくなってしまった。

戦後、最初にアメリカやヨーロッパに赴任し、がむしゃらに無我夢中で体当たりの仕事をやっていたとき、ほっと自分を取り戻して口ずさむのは望郷の歌であり、苦しいときに奮い立たせてくれたのは行進曲のメロディーであった。いつも口をついて出てくる歌の中で、必ずといってよいのは「お山の大将」の童謡であった。唯一の持ち歌といってよい。

お山の大将、おれひとり
あとからくる者、つきおとせ
転げおちて、またのぼる
赤い夕陽の丘の上
子供四人が青草に
遊び疲れて散りゆけば
お山の大将、月ひとつ
あとから来るもの、夜ばかり

これはもの心ついたころ、父親からの口伝の童謡である。大正浪漫主義にかぶれていたと思われる父が、いつも歌っていたものである。小学唱歌ではなく、作詞者も正確な楽譜もない。しかしあるとき偶然、有名な言語学者の金田一春彦氏がテレビで口ずさんでいるのを見て驚き、懐かしかった。いつか機会があったら正確な楽譜を教えていただきたいと思っている。

五歳になった孫の童謡の本にも載っていないので、見開きの余白にクレヨンで絵を描きこの歌詞も書いた。山に赤い夕陽の落ちる頃、一人の子が丘に立ち三人が転げている絵である。空は赤く焼け、西の空に月も淡く出ている春の夕暮れ、鳥の群れがねぐらに帰るのも描き込んだ。われながらうまく描けて孫も喜んでくれている。はたして受け継がれていくのだろうか。

お風呂の文化史

日本人は風呂が大好きである。私も典型的な日本人で、いつごろからこんなに好きになったのかわからない。清潔を保つためならシャワーでことたりるが、全身をどっぷりと浸けないとものたりない。しかもその湯はかなり熱いもので、いくら習慣といっても他民族には類を見ない。

もう数十年前になるが、ラテンアメリカの地区のカメラのセールスマンであったジャック・ケルマン氏を案内して諏訪工場に行き、上諏訪温泉に泊まった。初夏の頃の夕方でまだ明るかった。温泉の入り方を教えて二階で待っていた。そのとき、突然大きなわめき声が中庭から聞こえてきた。驚いて見おろすとジャック・ケルマン氏が真っ裸で庭に立ち、両手を振りまわして叫んでいた。「湯は煮えたぎっている。熱くて入れない。俺は死んでしまう！」と。私は思わず眼をおおった。

その後数十年の経験から考えても、たしかに熱い湯を好むのは日本人だけであるようだ。ナポレオンは熱い湯が好きだったというが、どの程度のものだったかわからない。日本の銭湯や温泉にはそうとうに熱いものがあるが、馴れることによって幼児でもかなり熱い湯に平気で入れるようになる。

日本人はなぜ風呂に入るのか。それは湿度が高くて汗をかくからだという。しかし日本以上に湿度が高く暑い国はいくらでもある。東南アジアやインド亜大陸は日本の比ではないが、日本人のように毎日風呂に入る習慣はない。華南の地域では家の前に大きな桶があって、そこに入っている水を浴びるだけである。

そもそも風呂に入る必然性はあるのだろうか。風呂は人類に普遍的なものだろうか。しかし一生風呂に入らない人々も決して少なくない。たとえばチベットの人々は風呂に入らない。南米アンデスの高地に住むインディオの人達も風呂に入らないという。テレビなどでモンゴルの草原や砂漠に住む人々を見るにつけ、風呂好きの私はこの人達は風呂はどうしているのだろうといつも取り越し苦労をして考えてしまう。

寒いシベリア中央部に住むギリアーク族とかサモエート族になるとむしろ皮膚から垢《あか》を落としたり脂《あぶら》を落とさないことが重要と考えられている。垢や脂は寒さを防ぐことができるし、もし道に迷ったときも犬がその臭いを嗅ぎつけて探しだしてくれるよすがとなるのである。極寒の地では垢も身のうちであり、日本人のような生活をして体臭が薄くなったら、いざというときに犬も相手にしてくれなくなるのである。

文化人類学者の吉田集而《しゅうじ》氏は風呂の起源は古代のシャーマニズム（古代宗教で神霊や祖霊と巫女《みこ》を仲立ちして心をかよわせる）という文化の中で「浄《きよ》め」から来ており「清潔」とは異なったものという。日本では神道において「みそぎ」と呼ばれる「浄め」があった。これは基本的には水浴である。しかし、やがて風呂に楽しみを見い出してくる。「浄め」から「病気治療」や「儀礼」などの風呂を介して楽しみの風呂が出現してきた。汗をかき、新陳代謝をより活発化し、そのあとのリフレッシュ感に新しい意味を見い出してきたのである。

江戸時代の日本で大衆浴場、つまり銭湯がはやってきたのは誰もが承知の通りである。この頃はほとんどが混浴であった。宗教に寛大な日本民族は何とも思わなかった。今でも時代劇映画や民放テレビでは混浴の場面がたくさん映し出されている。これも世界で日本だけのものであろう。

しかし最初に日本に来た西洋人は混浴を見て驚いたらしい。幕末、オランダ人医師ポンペは裸の混浴を奇異に感じたが、もっと驚いたのはそこに一定のルールがあるということであった。

さらに彼が驚いたのは入浴後に裸のままで家に帰ることであった。

ペリーが下田に来て同じような情景を見て、他の点では道徳的であるのに風呂についてはすべて道徳心に欠けた民だと評している。キリスト教文化に育った人達の見方である。ペリーは随行したドイツ人画家ハイネに伊豆下田の情景を精密に写生させ、「日本遠征記」という本の中で出版した。当時のアメリカでは初版は発売禁止になっている。プロテスタントの戒律の健全だった当時のアメリカでは問題だったのだろう。

同様なことがサウナやバニヤ（ロシアのサウナ）に見られた。約三五〇年前、ロシアを訪れたドイツ人はロシアの入浴、つまりバニヤを見て驚いた。それは混浴であって、あたかもアフリカの未開の人の中にいる気がしたと書いている。キリスト教文明の定着したヨーロッパ人には裸の混浴もさることながら家族いっしょに風呂に入ることが、もっと驚きであったらしい。

そうは言うものの現代のヨーロッパでドイツ、デンマーク、スウェーデンなどの各地に、広い無人の砂浜を囲ったヌーディスト・クラブがあって、夏のあいだ老若男女が裸でエデンの園と同じ暮らしをしているのが日本人のわれわれにはどうも理解できない。

二千年以上前に栄えた古代ローマのトラヤヌスの大浴場もカラカラ浴場もキリスト教文明の進展によって消えてしまい、風呂の質が変わり、わずかにキリスト教の及ばなかった東欧や辺境の地でサウナとして息づいているのである。

物心ついた頃の風呂の思い出は近所へのもらい風呂であった。山深い部落では毎日風呂をたてるのではなくて、つき合いの良い家のあいだで呼んだり呼ばれたりする習わしがあり、電話のない時代、連絡は子供たちの役目であった。夕食後、家族そろって風呂をもらいに行くのは楽しみであり、ささやかなコミュニティのつき合いがあった。往復の四季折々の風景が今でも鮮明に思い出される。

春先は日の長くなった百姓屋の庭には杏《あんず》の花が白く浮き、甘い匂いが黄色い菜の花畑から流れていた。田植えの終わった頃はたんぼに水が張られて、月の光が見渡すかぎり金波銀波のさざなみを立てていた。初夏のころ、暗いたんぼには蛍がわいたように無数に飛び交い夢のなかにいるように感じられた。数匹の蛍を草の葉に包んで持ち帰り蚊帳《かや》の中に入れて眺めていて、いつかしか眠ってしまうのであった。秋の稲刈りどき、夕暮れの澄んだ空には赤トンボが飛んでいて、庭先は乾いたまぐさや稲の匂いでむんむんしていた。厳冬の頃、雪を踏んでの帰り道には濡れた手ぬぐいは凍って棒になり、月の無い空には満天の星が手の届くような高さに輝いていて、寒さも厳しく凄絶な感じがしたものである。

風呂は陶然と恍惚を与えるというが、人並み以上に風呂好きになったのは子供のころの風呂あがりの恍惚の中で感じた鮮烈な印象につながっているのであろうか。

戦争末期、ハルピンの飛行場からトラックで輸送されていたときであった。春とはいえ北満（中国黒竜江省）はまだ寒く雪もそうとう残っていた。はるか前方の雪の中に赤い犬らしきものが動いているようだったが、近づくとそれは犬ではなく太った白系ロシア人であった。真っ裸で雪の中を転げているのである。そのときは何であんなことをしているのか理解できなかったが、数年後、北欧のサウナを知り、その習性を知ってなるほどと思ったのである。

フィンランドのフィン族はもともとボルガ河流域に住んでいた狩猟民族であり、アジア人であることを誇りにしている。フィンランドに定着して現在のサウナを用いることになった。サウナは蒸気風呂であって、なかには複数の人が入り、混浴も普通のことである。誰でも知っているように白樺の枝の束を水に浸け、焼石の上で振って蒸気を立てる。白樺の枝は温められて柔らかくなり、この枝で身体を叩く。体が熱くなると外に飛び出し、冷風に当たったり雪のなかを転げ回り、冷たい湖に飛び込んだりする。北満のハルピンで見た情景もおそらくこれであり、サウナと同じ構造であるロシアのバニヤであったのだろう。サウナはフィンランドのシンボルであり国民的文化のアイデンティティである。同じ仕組みのロシアのバニヤがまったく知られていないのはどうしたことであろう。

ギリシアで開催された世界内視鏡学会の折、エーゲ海に浮かぶ大きな島、クレタ島を訪れた。紀元前一八〇〇年の有名なクノッソスの遺跡を巡り、女王の部屋にあった立派な浴槽を見て驚いた。テラコッタ製であって、形も、彫られている模様もまことにモダンであり、現代の浴槽とまったく変わらなかった。

古代ギリシアでは特異な文化を持ち、健全な精神は健全な肉体に宿ると考えていた。頭脳の明晰さと頑健さのバランスが大事だった。そのためにスポーツの競技場と勉強の施設が同等に重視され、この施設をギムナジウムと呼んだ。風呂はその一部であって、最初の頃は水浴とシャワーであったらしい。のちには熱気浴に変わり温度調節もできる高度なものとなった。そして驚くことには紀元前から床下暖房が用いられていたのである。

ドイツにはギムナジウムといって小学校五年生から入学できる学校制度があり、大学受験資格のアビトュア（許可）を取るようになっている。フランスのリセや英国のパブリックスクールに相当する高度な教育を受けるものである。名前はギリシアのギムナジウムから来ているのであるが、運動施設や風呂の設備などは、いつの時代からか完全に消えてしまっている。

古代ローマの風呂はどこに行ったのであろうか。紀元前一世紀にはアグリッパの大浴場があって、長さ一二〇メートル、幅一〇〇メートルの大きさで、豊島園のプールぐらいの規模があり五世紀頃まで使用されていたらしい。つづいてネロの大浴場が現れたが、これはアグリッパ浴場よりもさらに大きかったらしい。そしてこれにトラヤヌスの大浴場が続く。討論場、図書館、講義室まであり音楽の演奏もあった。三世紀には有名なカラカラ浴場が造られる。一二〇万平方メートルの広さを持ち、一度に一六〇〇人が入浴できたという。二千年たった現在はカラカラ浴場の遺跡で人々は野外オペラの「アイーダ」を楽しんでいるのである。

古代ローマの大水道は有名だが、水道は主として浴場で用いる水を確保するためであった。水と風呂を沸かす燃料は膨大なものでこの豪華な風呂文化は奴隷制度の下で初めて可能であった。地球上に二度と現れることはないであろう。

ローマの風呂文化も戒律の厳しかったキリスト教文化の発展と共に消えてゆく。一つの文化が栄えて、巨大な一つの文化を消し去っていったのである。

過剰な清潔は病気である

「花粉症ではないですか」といわれて「そんなばかな」といい返したものの、じつははっとした。クシャミが出て鼻水が止まらない。昨年まではこんなことはなく、子供のころから十分免疫になっていると自慢していたのだったが。

雪国の春は待ち遠しい。雪のなかで生まれ育った者でないと理解できない感覚であるかもしれない。春が来るのはまだ先であっても、日当たりのよい南斜面の杉の木の下には湿った黒い土が現れ、名も知らぬ草の芽がわずかに黄色くふくらんでいる。弱い陽射しであっても子供たちにはわくわくするような遊び場だった。誰かがとんとんと藁沓《わらぐつ》で杉の木の根もとを蹴ると黄色い花粉がどさっと塊となって頭の上に落ちてくる。目も鼻も口も黄色い粉にまみれて遊びほうけていた。花粉には杉の木を削ったかんな屑のような新鮮な匂いがしていた。あのころは誰一人として花粉症などという者はなく、ただ家に帰ってしかられるのが何よりも怖かった。

大腸菌O–157騒動は記憶に新しい。レジオネラ菌とかアレルギー症とか結核菌などの感染症に、日本人はふたたび狙われるようになった。抗生物質に耐性のある菌まで出現し、どの薬も効かないという深刻なことになっている。抗菌グッズなどによる完璧な衛生環境、抗生物質や消毒剤による完全保護。朝シャンなどは今はあまり言われなくなったが、あたりまえのことになっているのだろう。戦後日本人が進めてきた「清潔志向」と無菌化が新興感染症、再生感染症に関係していると東京医科歯科大学の藤田紘一郎博士は書いている。とくに高度成長期に入るころの一九六〇年代後半から花粉症やアトピー性皮膚炎、気管支喘息などのアレルギー性疾患が日本の無菌化に密接に関係をもっていたのである。

つい二、三年前、バリ島を訪れた日本人旅行者のほとんどが、コレラにかかって帰って来て大騒ぎになった。インドネシアの土地の人たちは誰ひとりコレラにかからないのに、なぜ日本人だけなのかと現地の人たちは問題にした。日本人に耐菌性がなくなったためである。日本民族はもともと清潔好きな民族であったが最近は「超清潔志向」で明らかにゆきすぎである。西洋式トイレで他人の腰かけたあとに座るのは気持ちが悪いという子供たちのために、昔風の日本式に替えた小中学校もあるという。驚くべきことである。

もう一二、三年前になろうか、香港にネオンを設置し、点灯式を行った折である。関係する一部役員や部長も参列した。翌日、この人たちのなかの数人が番禺《ばんゆう》工場に行くことになっていた。深圳工場はまだできていなかったころである。当時は汽車で広州市まで行き、広州から車で番禺工場に行くものであった。番禺で夕食会の折に参列するはずの数人の顔が見えない。工場見学のあと、早々にフェリーで香港に帰ったとのこと、あとで聞いたら、あの汽車の一等車の汚いトイレではとてももたない、病気になりそうだといって帰ったとのこと。たしかに中国のトイレはそのころはきれいとはいいがたかったが、逃げて帰るとは何ということかと文句をいった。戦場には水洗トイレなどなかったんだぞといったら、今は戦争中ではありませんとうそぶいていた。

戦前、田舎の小学校の頃の思い出は、回虫駆除のために年に二回か三回、学校で「海人草《かいにんそう》」を飲むことであった。大釜でぐつぐつ煮立てた「海人草」の独特のにおいが学校中に充満していた。苦くてくさい「海人草」の汁をコップで二杯ぐらい鼻をつまみ、涙を流しながら飲みほした。夜には回虫が肛門から這い出すのであった。気色の悪い話であるが、このころの日本人の回虫の感染率は七〇パーセントを超えていた。政府も法律で小中学生に検便を義務づけていたので、集団駆除をやっていたのであった。戦後、とくにアメリカの進駐軍は「回虫のいる日本は不潔な国である」と日本政府に働きかけていた。

ところがである。回虫が急激に日本からいなくなると、歩調を合わせるように出現して来たのが花粉症やアトピー性皮膚炎、喘息などのアレルギー性疾患であった。スギ花粉症は回虫の減少と逆比例して増加を続け、国民の二〇パーセントがかかっている時代となった。清潔志向と無菌化で回虫や細菌を追い出してしまった日本人の体はスギ花粉、ダニ、アレルギーに敏感に反応する体質となってしまった。

人のし尿を有機肥料として還元するシステムは江戸時代からあった。当時、人口百万人の世界最大の都市の町中から汚物を取り除くシステムにより、当時としては世界一清潔な都市であった。現在の花のパリに比べてもすぐれていたかもしれない。一方、このシステムは日本人がつねに寄生虫に感染している状況をつくりだしていた。

当時の日本人は回虫が体の中にいるのはいやだけれども、まあしかたがないという共生の思想であった。そして何かあるとこの回虫のせいにしていた。たとえば「浮気の虫が騒いだ結果」だとか「カンの虫でヒステリーが起きた」とか、「虫の知らせで」とか「虫が好かない奴」とか、いろいろ虫を表に出していいつくろっていた。ほんとうに「虫のいい」話である。あちこちに虫封じの神様とか寺まであるのだから。

戦後米兵たちが日本の野菜を生のままサラダとして山のように食べたのだから、結果は想像するにあまりある。日本人は野菜をあまり生で食べる習慣がなかった。その結果ほどほどの回虫に感染していたのである。

朝シャンとか抗菌グッズを使い、「におい消し」を振りかける。日本の若い男性、女性の出勤前の光景はどこかたくましさが抜けてしまって悲しくなる。清潔好きはけっこうであるが「過ぎたるは及ばざるが如し」とはよくいったものである。

百年後の日本人の顔

大宅壮一が「男の顔は履歴書」といい、リンカーンは「四〇過ぎたら男は自分の顔に責任を持て」といったように、顔にはその人の経歴や人生が現れる。不思議なもので年齢、性別、職業などの印象は、体つきにも現れるが顔にもよく表れる。これはその人の将来を読みとるような人相学や骨相学というものではない。銀行員、政治家、学者といった人は平均的にそれらしい顔になるものである。

その職業の顔はなぜできるのであろうか。もともと銀行員らしい顔の人が銀行に就職するのか、それとも銀行員という職業についたからそのような顔に変わっていくのか。これを科学的に検証することは今のところ難しいと思うが、個人的な直感からいえば職業が顔を作っていくのである。何年かたってその職業の顔になり、立ち居ふるまいや話し方が身についてきて初めて社会的に認知されるのである。

顔は着ている衣服にもかなり左右される。背広を毎日着てネクタイをしていると、それに似合った顔になるし、髪をボサボサにし、ネクタイをゆるめ、強引な人は新聞記者か刑事に似てくる。ラフな格好をしているとそういう感じの顔になってくる。直接衣服に左右されるのか、あるいはその衣服を着ることによって気の持ち方が変わって、それが顔を作るのか。おそらく後者である。

昔、ニューヨークでハドソン川の上流にあるウエストポイントの陸軍士官学校を訪れたことがある。映画に見るような帽子を目深くかぶった凛々しい制服の士官候補生の、引き締まった顔ときびきびした動きを見ているとほれぼれして、アメリカの別の強さを感じたものであった。服装が人を作る典型である。服装が気持ちを変え、雰囲気まで作り変えていくのである。

渋谷や原宿の盛り場では、若者たちが髪を染め、何の目的もなさそうに、うつろな目をして腰をおろしてたむろしている。だいぶ前だったが、民放テレビ局がこれらの若者に、亡くなったばかりの中国の鄧小平の写真を見せて名前を聞いていた。「毛沢東」とか「キムイルソン」とか「田中角栄」とかいって男女ともほとんど正しく答えられなかったのには驚いた。彼らの常識は次元の違うところにあり、服装以前のものであった。

顔の印象は何によって作られるのだろうか。眉毛やひげ、そしてしわがないと無表情に見える。SF映画の未来人の顔はたいていのっぺりしていて表情がない。とくに眉は表情を読み取るときに重要である。いくら魅力的な美女といっても、モナリザのように眉のない顔でじっと見つめられていると気味が悪くなる。あのジョコンダの微笑《ほほえみ》とは、何を表しているのだろうか。永遠の謎である。

ひげは男にしかない。いや、欧米では老女が無精ひげをはやしていることもたまにはあって、肝をつぶす。中近東では、立派なひげは男であることの証拠であり、裏返せば権力の象徴としてはやしている。サダム・フセインがその代表である。

日本人の顔は大きく分けて縄文顔、弥生顔、この両者の混血されたものとの三つに分けられる。縄文型は一万七千年前に沖縄地方にいた港川人《みなとがわ》から続いている顔立ちで、四角張って彫りが深く、歯が小さく口元がしまっている。アイヌや琉球人に似ていて濃い眉やひげ、二重で大きな目、やや厚めの唇を持ち、耳も大きかった。南方渡来型で大相撲の曙や武蔵丸のようなハワイ勢に代表される。ハワイ勢は皆大型だが、縄文人は平均身長もあまり大きくなく、軽量級のレスリング選手のようなたくましい体つきであった。

弥生人は二三〇〇年前に急に北方大陸から入ってきたもので、顔つきはのっぺりとした長円形で平坦、眼は細くて一重で厚ぼったく、歯が大きく出っ歯気味が特徴であった。大陸から来た人々は稲作以外にも青銅器や鉄器などを持ち込み、人々の生活は大きく変化した。ルーツは一～二万年前、シベリアの奥地で寒冷な気候に適応した人々であった。モンゴル出身の旭鷲山《きょくしゅうざん》などは典型的な弥生顔で、縄文顔のハワイ勢とはよい対比である。土俵上では縄文、弥生、混血の対戦が繰り返されて面白いが、やがて上位力士は純粋の縄文力士、弥生力士によって占められ、混血力士は消えるのではなかろうか。

平安時代の宮廷絵巻に描かれた支配者である貴族の顔は弥生人の顔である。男も女も眼は細く、鼻は小さく色白でぽっちゃりした丸顔がよいとされていた。

現代の日本人は、昔のように硬いものを食べなくなり、この結果、歯の発達が衰え、江戸時代の馬鹿殿様のように顎が細くなってしまった。戦後の子供のように、ハンバーガーやファーストフードだけで食事をすますようになると、下顎骨を動かす咀嚼筋《そしゃくきん》が発達しなくなり、顎が極端に細くなる。歯の大きさや型は何十万年前の食生活で遺伝的に固定されて変わらない。そのため、歯並びだけが極端に悪くなり、ますます欧米人の漫画で出っ歯に描かれるであろう。百年後の日本人の顔は、顎が極端に細くなり、顔は逆三角形を長くしたものとなるはずである。これはコンピュータ・シミュレーションによってはっきりと描き出されている。

痛快な知の巨人、南方熊楠《みなかたくまぐす》

ずいぶん昔のことであるが、ロンドン出張のおり、大英博物館を訪れた。大英帝国の絶頂期のビクトリア時代、世界中の植民地から民俗学、博物学、宗教学に関する資料、文献、標本などが集められ、学問としての体系づけの契機となった。世界の文化遺産を収奪したとされる大英帝国の功罪の功の部分である。この博物館の名物は何といっても円形閲覧室であろうと、寺島実郎氏は『一九〇〇年への旅』に書かれている。二〇世紀を動かした世界の偉人たちがここで文献をあさり、思索したのである。静かなホールにたたずんで歴史を思い感無量であった。資本論を書いたマルクスをはじめ、インドのガンジー、中国革命の父孫文、ロシア革命のレーニンとともにわが南方熊楠もいたのである。

大英博物館で南方熊楠の名を聞いて、正直なところとまどった。はずかしいことながら、正しい名前の読み方も知らなかった。在野の無名の博物学者としか覚えていなかった。戦中戦後の混乱期には、この知の巨人について語られることはほとんどなかったからである。

熊楠は文科、理学両面の学者であるが、その主力は博物学であって文科面は副次的といえるであろう。しかし、その副次的研究をもってしても何人も真似のできない古今東西にわたる壮大なものであり、驚嘆すべき博覧強記なものであった。理科面の業績は菌類、粘菌類、淡水藻類であり、日本はもとより、米大陸、中南米、欧州諸国の菌の採集、分類を行っている。日本産だけでも生涯一万五千種の標本を集め、自ら日本の国宝であると自負している。

英国の科学誌「ネイチャー」は理科系の人なら誰でも知っている世界最高の権威ある科学誌であり、日本の学者たちも目の色を変えて競い合って新しい研究成果を投稿し、取り上げられるとマスコミまで大きく報道する。熊楠は一八九三年から一九一四年まで五〇回も寄稿している。また文科方面の発表はさらに多く、「ノーツ・アンド・キウリース」誌には三四年にわたって三二三回の多種の論考、随筆を寄稿している。まことに空前無比の業績というほかはない。国際的にこのような仕事をなしとげたのは何といってもその語学力であろう。桑原武夫は中公新書の中で「稀代の記憶力をもった上に英・仏・伊・スペイン・ポルトガル・ギリシア・ラテン語などに通じる語学力をそなえた、ものすごい読書家であった南方は彼自身が百科全書そのものであったと言える」と賞賛している。

熊楠は慶応三年和歌山市の金物商の家に生まれる。大政奉還、王政復古の年である。一〇歳のころから「和漢三才図会」の筆写をはじめ、「本草綱目」「大和本草」などを筆写。コピー機のないころはすべて手で写し取ったのである。

明治一六年に上京し、神田の共立学校で後の大蔵大臣となる高橋是清に英語を学んだ。高橋是清は昭和金融恐慌への対応で最近とみに評価の高まっている人である。翌年から大学予備門（後の第一高等学校、現東京大学）に入学しているが、この共立学校、大学予備門を通じて南方熊楠は秋山真之《さねゆき》、正岡子規と同級であった。日本の国家としての夜明け前であったこのころ、後に近代史に名をあげることになる人たちが机を並べて学んでいたことは運命的である。また夏目漱石とも後にロンドンですれちがっているというのも歴史の面白さである。

秋山真之は後の日本海大海戦において、世界一といわれたロシアのバルチック艦隊を日本の連合艦隊の参謀として壊滅させることになる。大本営に打電した有名な電文「敵艦見ゆとの警報に接し連合艦隊はただちに出動、これを撃破せんとす」に秋山は自ら筆を執り「本日天気晴朗なれども波高し」とつけくわえ、画龍点睛の文として後の世まで名をとどめることになる。百年前の一九〇〇年代の日本人の先達は皆、なんといきいきとした人たちであったのだろうと、今さらながら思うのである。

南方は大学予備門を一年半で落第したのを機に退学している。持病が悪化したものらしい。秋山も学費の問題で海軍兵学校に行く決意をし、愛媛時代からの親友正岡子規と別れている。

熊楠はロンドンに登場する前の六年間はアメリカにいた。サンフランシスコの商業学校や、シカゴの近くの州立農学校で学んでいる。このころの熊楠は米国元陸軍大佐との親交を深め、フロリダなどで地衣の採集をやっている。それからはキューバ公演中の曲馬団に身を投じ、ハイチ、サントドミンゴ、ヴェネズエラなどを巡業するという奇妙な体験をしている。曲馬団の食客であり女曲芸人のラブレターを代筆したり、数奇な運命にもてあそばれている。しかし自らの勉学を深めるために、当時文化の中心だったロンドンに行くことを決意、英国に向かう。赤貧洗うがごとき生活にもかかわらずアメリカ時代の熊楠は自らを忘れることなく、この時期、神学から生物学、ギリシア語、サンスクリット語の勉強までしている。これが後の充電期間であったといえるのである。

ロンドンでは大英博物館の考古学、民俗学のA・W・フランクス、C・H・リードの知己を得て、その知識をかわれてしだいに博物館に出入りするようになった。「ネイチャー」への投稿もこのころから始まり、学識を認知されるようになる。

このころ、馬小屋の二階に寄宿し、貧窮に苦しんでいた。しかしそのころの日本人がそうであったように、愛国心が強く、人種差別に対する怒りも強かったようである。博物館の閲覧室で無礼な白人を殴ったり、乱暴な言動をくりかえし、ついに六年間続いた博物館への出入りが禁止となってしまった。

帰国後もあいかわらずの貧困の生活であったが結婚し、一男一女をもうけている。思うにまかせぬ人生であったが、一方では熊楠の価値を認めてくれる人たちもいて彼の人生のドラマを彩ってくれている。その一人がロンドンで意気投合した中国革命の指導者孫文であり、もう一人は昭和天皇であった。昭和天皇は同じ植物学の研究者としてよき理解者であり、熊楠の篤学に興味をいだかれて、昭和四年紀伊行幸に際し、御召艦「長門《ながと》」に招き御進講を受けられている。当日は一世一代の盛事ということで四〇年前に友人からもらった古びたフロックコートを着て参上した。熊楠の体からは神気が発せられていたと後年書かれている。

昭和天皇もよほど思い出となったようで「南方は面白いことがあったよ。標本を献上したさい、普通なら桐の箱などに入れて来るものだが、南方はキャラメルのボール箱に入れて来てね。それでいいじゃないか」といわれて懐かしんでおられたという。昨今の知識人と称する学者たちは軽々しく国益も考えずに市民運動などの先頭に立ってヤジっている人が多いが、二〇世紀初頭の日本人の先達の重みを思い知らされるものである。熊楠は昭和一六年、七五歳で没した。

第4章

味わい深いエピソード

チェコスロバキアでは、東京オリンピック
体操競技のゴールドメダリスト、
ベラ・チャフラフスカさんとともに
食事をする機会に恵まれた。
プラハのレストランにて。（1995年）

ハンブルグで「目玉焼き」を

目玉焼きというのは、子供のころからとても身近な食べものである。フライパンに油をうすくひいて玉子を落として焼くという手軽さから外国、とくにアメリカではごく一般的な朝食となっている。

ところで「目玉焼き」という呼び名は誰が、いつごろつけたものであろう。おそらく文明開花のころ、洋食が日本に入ってきて、黄色い玉子が皿の上に二つのっているので目玉を連想して目玉焼きと呼ぶことになったものと思う。もちろん卵が一個の場合でも目玉焼きといい、生活のなかにとけこんでいる。

目玉焼きはポピュラーな食べものだけに、国によって呼び名もちがってくる。アメリカでは正式にはフライド・エッグだが、片面だけで焼くもの、つまり一般的な目玉焼きを「サニーサイド・アップ」と呼ぶのはごぞんじのとおり。「太陽の側を上にして」ということである。

場末のホテルの朝食で注文するやいなや黒人の肥ったウエイトレスが、やにわに「アップ?」と大声でどなるように聞き返してくるので驚いて飛び上がりそうになる。欧米の玉子はサルモネラ菌に汚染されているので、生で食べる人はいないが、目玉焼きも両面焼きにしてほしいという注文があるのだろうか。すきやきに生卵をつけて食べる日本人を奇異に思うはずである。

ドイツでは目玉焼きを「シュピーゲル・アイアー」と呼ぶ。(Spiegel Eier) なんと「鏡の玉子」である。一個の場合は「シュピーゲル・アイ」となる。これまたなんで目玉焼きが鏡になるのかわからない。

ハンブルグのオリンパス・ヨーロッパの創設にたずさわっていたころ、U君という技術屋が日本から赴任してきた。ガストロカメラを初めて売り出すころで、現像や修理のためである。初出勤の日に、U君は地図を片手にペンションを出た。歩いて会社に行こうとしたのである。ところがいくら小さな街でもドイツ語の標識を読めないU君は道に迷ってしまった。彼はとっさに遅れてはいけないと思い、手を挙げて通りかかったパトカーを止めた。そして会社の住所を示し、時計を指さして手まねで連れて行ってくれといった。パントマイムが通じてパトカーのおまわりさんは「ヤボール！」(合点だ！)と叫び、U君を乗せて威勢よくサイレンを鳴らして走り出した。

会社の前がなにやら騒がしいので出てみると、パトカーから降りたU君が「ダンケ、ダンケ」と悠然としておまわりさんと握手しているではないか。当時はまだ外国人もわれわれ日本人も少なく良き時代であった。もちろんパトカーで乗りつけたのは前にもあとにもU君だけである。

このU君がある日曜日の朝、無性に目玉焼きが食べたくなった。近くの中央駅の前のレストランに入り席につくと、やおらいつも持ち歩いている日独辞典を取り出して、まず目玉を引いた。「アオゲ」(Auge)と出た。人間の眼そのものである。次に「焼く」と引いた。「ゲブラーテン」(油で揚げる)と出た。外国ではあとさき反対に云えればよいのだと聞いていたとのことで、ウエイターに「ゲブラーテン、アオゲ」と注文した。肝をつぶしたウエイターはまじまじとU君を見つめた。ここにいる色の黒いアジア人らしき男は、本当に人間の眼を喰うのかと聞き返したとかしなかったとか……。しかし究極の願いがかない、U君は久しぶりに目玉焼きにありつけたそうである。これは本人が話していたから本当の話である。U君も早く亡くなった。U君ごめんなさい。

コーヒーは永遠の課題

コーヒーの魅力にとりつかれた人たちは、これがはたして日本茶や中国茶のように人間にとって有益な飲みものなのか、それとも悪魔がどこかでほくそ笑んでいる毒薬なのか、本人もいくぶんうしろめたい気持ちで飲んでいるのではなかろうか。

日ごろコーヒーをあまり飲まない私など一日に何十杯も飲んでいる人を見ると、他人のことながらよけいな心配をしてしまう。そうはいっても、日本食党の私でも洋食のあとのコーヒーは自然に飲むし、むしろ濃いエスプレッソがほしくなる。コーヒーは日常の食事とのとりあわせによるものではないかと思う。しかしコーヒーの効用については永遠のテーマであり、現在はまだ結論が出ていないのでコーヒー党は無用な心配をせずに飲んだらいいとおもう。

戦後、日本人がアメリカに旅行するようになった最初のころ、アメリカのコーヒーはまずいと評判であった。しかし、一九五五年からアメリカに住んで気がついたのは日本人旅行客のほとんどが大衆レストランのオートマットなどで食事して、あの投げても割れないようなぶ厚いコーヒーカップで薄いコーヒーを飲んできては「まずい」といいふらしたものらしい。まだ一ドルが三六〇円のころ、ドルの持ち出しが制限されていた当時の話である。

コーヒーの普及に功労があったのは古代のアラビア人であった。エチオピア産のコーヒーから液汁をとり、飲み始めたのが七世紀ごろだった。やがて焙煎の技術が発見され、一五世紀までに中東地域で大衆飲料の地位を確立する。

コーヒーは酒と同じように民衆を陶酔させる魔力があるだけに、政治や宗教にからむトラブルが多かった。喫茶店の廃止令が出るなどして、エジプトではコーヒーの支持派と反対派が衝突して暴動にまで発展したことも歴史に記されている。

一八〇六年、ナポレオン戦争のころ、ヨーロッパで唯一フランスに敵対する国がイギリスだった。ナポレオンはイギリスとの貿易をいっさい禁止する封鎖令を出した。当時、ユダヤ人の金融商人としてフランクフルト、ウィーン、パリ、ロンドン、ナポリに根拠地を広げていたロスチャイルド家にとって、ついに千載一遇の金儲けの大チャンス到来となった。大陸のほうが封鎖令のためにコーヒーをはじめとして砂糖、煙草、綿製品が底をつき暴騰したのを見て、すでに確立していた流通ルートによりそれらの物資を大々的に大陸に運んで売りさばき、莫大な儲けを上げた。フランス側からすればロスチャイルドによって密輸されスマグル（密売）されたのであり、コーヒー党にとってはまさに干天の慈雨であった。ロスチャイルドに続く金融資本のカーネギー、メロン、ロックフェラーなどが台頭して活躍し、現在にいたっている。円レートがいつまで続くかわからない昨今の状況下では、はたして政府間の国際協調だけを信じてよいのかどうか考えてしまうのである。

コーヒーが底をついたそんなある日、ナポレオンがとある農村を通りかかると、教会の寺院で僧がのんびりと石臼を回し、炒ったコーヒー豆をひいていた。密輸品と直感したナポレオンがおもむろに、「そこで何をしておられるのかな」と尋ねると、僧はなにくわぬ顔をして答えた。「陛下のお飲みものと同じように私めのコーヒーもジョンブルの植民地から略奪してきたものです。憎い敵なので、こうして火あぶりにしてひきつぶしているところです……」

欧州人は骨の髄までコーヒーにとりつかれることになる。ドイツの食べものはまずいことで世界的に有名であるが、コーヒーについてだけは大変にうるさく、また、おいしい。住宅地の主婦たちの井戸端会議に耳をそばだてていると、話題はもっぱらコーヒー豆のひき方や焙り方である。「うちでは左に何回、右に何回とまわすのよ」とか、それぞれの家庭ならではのコーヒーのいれ方があるらしい。

カントやマキアヴェッリなどの哲学者と同じく、生まれるときに眼を開けて世のなかに出てきたといわれているフランスの思想家ボルテールもコーヒー中毒であった。パリ時代は毎朝有名なカフェ・ブロコプに二時間あまりいてコーヒーを飲み続け、晩年地方に移り住んでからは八四歳で他界するまで一日六〇杯も飲みほしていたという。日本のコーヒー党も安心して楽しんだらよいであろう。

タバスコが欠かせない

旬の季節、氷の上に載せた青く澄んだ生牡蠣に黄色いレモンをしぼり、赤いタバスコを二、三滴たらす。味はひときわひきしまり、白ワインの味も格別。白いソースで味つけられたスパゲッティやパスタ料理にタバスコは欠かせない。

ブラディ・マリーというグロテスクな名前のアメリカ式カクテルにも、タバスコの数滴なしては味もピリッとしまらない。トマトジュースとウォッカに氷を入れ、ウスターソースと塩、胡椒で味をつけるという変なカクテルだがアメリカ人は好きなようである。それぞれの国で独特の食前酒があるヨーロッパの人の多くは、なぜアルコールを混ぜ合わせなければいけないのかと不思議に思う。ただし、カクテルに批判的なヨーロッパの人も、キレのよいドライマティーニ・カクテルは別格らしく、よく飲まれている。

日本の家庭でも、小さなタバスコの一瓶はあることだろう。たかだかトウガラシのエキスとおもうのだが、なぜかタバスコだけが全世界の食卓を独占しているのか不思議でもある。

タバスコソースを製造しているマキルヘニー社はルイジアナ州南部にある。一八六八年に創業者が築いた路線にしたがって百年以上のあいだ、四代にわたって営々と事業を続けて来ている。南北戦争のころ、マキルヘニーはメキシコのタバスコ地方から帰還した南軍兵士からトウガラシの種子を手に入れた。一八六二年、ニューオリンズが北軍の手に落ちたのでマキルヘニーは家族をつれて逃れ住み、そこにトウガラシの種をまいてみた。しかし収穫をまたずしてふたたびテキサスに逃れなくてはならなくなった。三年後ようやく戻って来ると、そこはすっかり荒れはてていたが一株のタバスコが生えていた。北軍の襲撃にも負けないでタバスコトウガラシは大地にしっかりと根をはっていたのである。マキルヘニーはその果実を取って台所でつぶし、出てきた汁に蒸留酢と塩を混ぜた。できあがったソースを友人たちにくばり、さらにソースの販売を思いついた。三年後にこのソースを香水の空き瓶につめ三五〇本売った。そのときの香水の瓶が今日のタバスコソースの瓶の形にうけつがれている。そして一八七〇年、マキルヘニーはこのソースの製法を特許登録したのである。ソースの評判はあっという間に広まって、同じ年、ロンドンに事務所を開設するにいたっている。

イギリス人は食べものに保守的な国柄だが、タバスコソースだけは注目されていた。しかしどこの国でも自国製品の優先が叫ばれるものである。イギリスでも一時輸入禁止となった。一部の議員たちは輸入禁止項目からタバスコを除外するために運動した。その理由は議会のレストランで牡蠣を食べるときにタバスコソースがどうしても必要というものであった。

タバスコが百年の間に現在の地位を築き上げるのはなみたいていのことではなかった。競争品に対して訴訟につぐ訴訟の連続であった。アメリカでは訴訟に勝つために悪どい手法をずいぶんと使ったようである。

トウガラシの品種は一六〇〇におよぶという。原産地はやはりメキシコやアンデスの高原。トウガラシは料理に深みと幅をもたせるが、国により地方によってトウガラシに対する好みは違ってくる。日本人はせいぜいピーマンと青トウガラシと赤くて細くとがった「鷹のつめ」ぐらいであり淡白である。韓国はキムチに代表されるようにトウガラシ文化の国。飛行場に着いてターミナルに入るとトウガラシの匂いでムンムンする。中南米各国はメキシコをはじめとしてトウガラシの似合う国々である。村々のレストランや家の壁につるしてある赤トウガラシは風物詩である。ヨーロッパではハンガリーがあげられ、ハンガリアン・グラーシュにはトウガラシがなくてはならない。

わが社も関係のあったアメリカ南西部のニューメキシコ州は、トウガラシ文化の州でもあり大生産地でもある。砂漠に囲まれた高原の町サンタフェ、アルバカーキーは、青く深い空に映える深紅のトウガラシと月に吠えるコヨーテがまことによく似合う。

世界にはトウガラシ・マニアという人たちがたくさんいるらしい。音楽愛好家なら誰でも知っている世界的指揮者でインド人のズービン・メーター氏は、トウガラシなしでは食事もできないという。そのためいつもトウガラシを持ち歩いている。名の通ったレストランにさえトウガラシ持参である。われわれでは高級レストランで塩を頼むことさえもシェフの洗練された味覚を疑うことになり失礼な行為とみなされるのに、彼はロスアンゼルスの自宅の庭で三種類のトウガラシを栽培し、フォーマルな席ではマッチ箱のような小さな箱に入れて持ち歩くという。英国エリザベス女王の主催する晩餐会の席でもこの金の箱をまわした。女王は食べずに隣りの人にまわしたという。フランク・シナトラ夫人もトウガラシ・マニアであり、今ではタバスコソースでなくて本物のタバスコトウガラシを持ち歩いているという。俳優のグレゴリー・ペックもズービン・メーター氏の庭を見て、自分でトウガラシ栽培を始めて持ち歩くようになったそうである。

クラウン・ラウンジでマティーニを

ここでいうマティーニとはカクテル、ドライ・マティーニのこと、芳醇な香りをはなちキリリと冷えてグラスにみなぎるすきとおった命のカクテルのことである。

マティーニがこんなにうまい飲み物だったのかと開眼したのは、ハンブルグ郊外のシュロス・ホテル・トレムスビュッテル（トレムスビュッテル城ホテル）で食事をしたときであった。昔の古いお城の内装を近代的なホテルに改装したこのホテルでは、落ち着いたクラシックな雰囲気と田園風景が楽しめる。北ヨーロッパでは珍しく快晴で、手入れの行き届いた緑の芝生を見渡せるテラスでの夕食であった。六月の陽はまだ高かった。食前酒としてマティーニをとる。今まで何度となく飲んできたマティーニとはまったくちがって切れのよい味であった。周囲の開放された風景と乾燥して爽やかな風がマティーニの味を引き立てたのかもしれない。それ以来マティーニの虜になった。しかし満足する味にめぐりあうことは非常に稀である。

酒は文化のシンボルである。文化そのものといってよい。よい酒の種類が豊富にある国は文化の高い国である。英国のウィスキー、フランスをはじめとするヨーロッパ各国のワインと、かずかずの食前酒、食後酒。そして日本の清酒、中国の紹興酒、マオタイ酒等々。

歴史の浅い移民の国、アメリカの開拓時代は西部劇で見るようにカウボーイやあらくれ男たちがバーでウィスキーをストレートで飲んでいた。おそらく安物のバーボンウィスキーであったであろう。

ヨーロッパの一般の人は、アメリカ人がアルコールやジュースをまぜて作るカクテルには奇異の感をいだいている。これだけよい酒があるのに、どうしてまぜて飲むのかと理解できないらしい。しかしドライ・マティーニだけは別格。マティーニはもっとも洗練された飲みものとして認知され位置づけられている。

アメリカでは一九世紀半ばにはじまったゴールドラッシュのころ、マティーニはじょじょに脚光をあびる。テントで寝起きする金鉱掘りは、成功すると都会に出てきて洗練さを身にまとった。その洗練の究極的象徴がマティーニだったのである。酒場でウィスキーをあおって酔っぱらうのが社交であった時代は終り、フロンティアがしだいに消滅して工業化時代に入っていった。大都市中心の生活が主流になっていったのである。マティーニはさらに洗練さをかさね、エスタブリッシュのドリンクとしての地位を確立する。マティーニの作り方は人により千差万別である。細かいことをいったらきりがない。最大のこだわりはタンブラーでシェイクするかステア（長柄のスプーンで攪拌）かの論争である。しかしマティーニの場合はシェイクしないで攪拌するのが常道ではないだろうか。シェイクすると水っぽくなる、空気が入りすぎてジンの味が変わるなどと物理的な理由を主張する人もいる。またシェイクすると「ジンを傷つける」とか「ベルモットを傷める」という人もいるほどである。マティーニはもともとジンをベースとして作った。ジンを３分の２、ベルモットを３分の１の割合が初期のころは普通であった。これに塩漬けのオリーブとレモンの皮をピールしたものをグラスにそえる。しかしベルモットを３分の１の割合では今では甘すぎて食前酒に向かないのではないだろうか。

作家のヘミングウェイはカクテルを好んだ。ダイキリとかモヒートばかり飲んでいた彼はドライのマティーニのことを「乾燥モンゴメリー将軍」と判じもののように呼んだという。マティーニに詳しい人なら、ジン15ベルモット１の割合だということに気がつくかもしれない。モンゴメリー将軍は北アフリカの砂漠でロンメル将軍の兵力が15対１になるまで待ってから攻撃して勝った。ヘミングウェイはこの作戦にちなんで15対1の非常にドライなマティーニをモンゴメリーと呼んだのである。しかしこの命名は現在ではまったく定着せず、エキストラ・ドライというようになっている。

ハリウッドのアメリカ映画にはときどきマティーニを飲む場面が出てくる。白いハンカチをのぞかせたタキシードの紳士と正装の淑女がマティーニを飲む場面。柄の長い逆円錐型のクリスタルのマティーニグラスの美しさが映画にもたらす視覚的効果は大きい。ハリウッド映画を見る楽しみの一つである。題名は忘れたがロナルド・レーガン元大統領がハリウッドで駆けだしのころ、名優ベティ・デイビスとマティーニを飲む場面があった。マティーニグラスが四、五個空になっていた。

００７のジェームズ・ボンドシリーズ「ドクター・ノオ」の中ではショーン・コネリーがウォッカ・マティーニを作って飲んでいる。ジンではなくウォッカをベースとするマティーニはアクションスターのショーン・コネリーにはふさわしいと思っていたが、何のことはない、作者のイワン・フレミングがウォッカ好きであったとのこと。戦後アメリカではウォッカが飲まれるようになってきているが、スミルノフのウォッカの壜を持ったショーン・コネリーのコマーシャルが流行に貢献したとも言われている。

皇居のお濠のそばにあるパレスホテル一〇階のクラウン・ラウンジでは、日本を代表する景色を眺めることができる。右に皇居の森、お濠の水、左側には丸の内の近代的ビル街、正面には東京タワーと議事堂。夕暮のシルエットはおちついて気品のある雰囲気である。日が落ちるとお濠に沿った正面の道路に車の赤いテールランプの帯が流れる。一〇階程度の高さが景色を眺める目線の位置としてもっとも適している。

この東京を代表する景色を見ながら、マティーニを楽しむ。エキストラ・ドライにしてオリーブを二つそえる、最高の気分のひとときである。

緑のチョコレートではいかがなものか

海外に出張してホテルに泊まるとき、いつも考えるのは枕の近くに置いてある一個のチョコレートのことである。ある程度のクラスのホテルなら、きれいにつくられたベッドの枕の上に置かれている。最近は置いていないホテルもだいぶあるようだが。

なぜ欧米人はベッドに入る前にこんな甘いものを食べるのだろうというのが若いころからのささやかな疑問であった。催眠の効果があるとはどうしても思えないからである。チョコレートのなかにはたとえ少量でもカフェインが含まれているはずだから、逆に興奮剤として作用し不眠になるのではないかと長いあいだおもってきた。だからベッドの上のチョコレートは、いつもまとめてとっておいて帰りのみやげとしている。

しかし欧米人のチョコレートについての習慣や歴史を知るにつれて、考えかたもいくぶん変わってきた。人は誰でも独自性があり、肉体的なちがいにくわえて人それぞれの文化という要素がある。ある文化において、一個のチョコレートは心を慰め落ち着かせる作用があると考えられているなら、実際にそのような結果が生じるのかもしれない。

昔ジャック・ケルマンというラテンアメリカ代表のセールスマンがいた。MIT（マサチューセッツ工科大学）出身の典型的なアメリカ人でカメラのことは何も知らない愉快な人だったが、話術といい気配りといい教えられることが非常に多かった。当時ラテンアメリカは本社からの直接取り引き先であって盛大であった。とくにブラジル市場ではオリンパスの35ミリレンズシャッターカメラ「トリップ35」があふれていて業界他社は歯ぎしりして口惜しがっていた。

そのジャック・ケルマンはいつもこう言っていた。「チョコレートは褐色でなければいけない。グリーンチョコレートは売れない」と。それは会社が幾度か思い出したように「これからは女性をターゲットとして」と言っては赤やピンクや紫のカメラを作って市場に出し、うたかたの如く消えていったことを指していた。色もののカメラは他社のものを含めてグリーンチョコレートのごとく市場では受け入れられず、歴史に残ることはなかった。

ところがある本を読んでいて、緑のチョコレートが大昔あったことを知った。チョコレートといっても有史以来飲まれていたのは、カカオの豆から作られたいわゆる液体のココアであった。緑色の莢を飲みものに入れた緑のココアが飲まれていた。一五世紀に中米で栄えたアステカ帝国では、上流の階層のあいだで緑のココアや蜂蜜入りのものや花入りのものが飲まれていた。しかし一六世紀になって西欧ではココアを分析して、緑のココアは消化をそこない心拍の乱れをひきおこすと警告していた。ジャック・ケルマンの説は本物のチョコレートの分野でも裏づけされていたのである。

チョコレートの歴史は今から三千年以上も昔のメキシコ東部のオルメカ文明までさかのぼる。オルメカ文明は巨石人頭などで今でもよく知られる。そのあとのマヤ文明やアステカ文明においてもココアは王族、貴族などの特権階級の飲みものであった。

当時ココアはぐいのみするものではなく、ちょうど西欧社会の正式な晩餐会がポートワインやコニャック、ブランデー、それに葉巻で締めくくられるのと似て、よく泡を立てたチョコレートを豊かな異国情緒あふれる珍味な飲みものとして味わうものであった。

カカオの豆はユカタン地方のマヤ族のなかでは貴重なものであり通貨として使われていた。カカオの木は正式に「金のなる木」であった。たとえば、

太った雌の七面鳥―カカオ豆一〇〇粒
採りたてのアボガド一個―カカオ豆三粒
大きなトマト一個―カカオ豆一粒

いつの時代でも贋金づくりは世のなかにいたらしい。アステカ帝国のころにも詐欺師は非常に手のこんだ方法で模造品を作り、ごていねいにカカオ豆の莢をかぶせてごまかしていた。アステカ人などはこの道の天才であったらしい。

チョコレートは三千年に近いあいだ、階層の上の人たちや裕福な人たちだけの飲みものだった。しかし現代の固形に変わってから誰でも手のとどく食べものに変わった。それは産業革命によって大量生産方式が確立したからであった。

戦後米軍の占領直後、子供たちはジープを追いかけハーシーの板チョコやガムを投げてもらって歓声をあげていた。国敗れて山河ありのうつろな世のなかにあって情けない光景であった。ミルクと砂糖の匂いのする板チョコはアメリカの匂いであった。

ペンシルバニアのハーシーの街を訪れた人も多いと思うが、この街はチョコレート王のミルトン・ハーシーがつくったといえる。ハーシーは天才的発想にもとづいて大量生産方式を導入した。ハーシーの街はディズニーワールドのような広がりをもったテーマパークとおぼしき街であって、市長も行政官もいない美しいおとぎの国である。

大量生産のハーシーのチョコレートは、ヨーロッパ人にはものたりなかった。上級市場向けの高級チョコ、ブラッセルのゴディバは日本でもたくさん出まわっている。しかしチョコレート通のあいだでゴディバ以上に高く評価されているのはフランスのバローナ社のものである。何が高級かというと、含まれる「ココアの原液」がどのくらいかによる。「ココアの固形分」の多いほど良質と言われる。砂糖の多い甘いチョコレートの好きな人は、それなりのものを食べればよいのである。

日本海の鱈と大西洋のタラ

秋も終わり、木枯らしの吹くころになると日本海の鱈が恋しくなる。鱈といっても格別の料理ではなく、身をぶつ切りにして頭も入れた味噌汁である。昆布をしいてごぼうを削いで入れる。ひきしまった白身の味は素朴で何ものにも代えがたい。鱈を食べるときはいつも若くして亡くなった母を思い出す。亡くなる前に鱈を食べたいとせがんでいた。真夏だから鱈はとれないよ、となだめたことが忘れられない。

北国の地方のいいならわしに、「鱈汁と雪道はあとがよい」とある。鱈の鍋は煮込むほど味がよくなり、雪道は人の通ったあとのほうが歩きやすいことをいう。ただし鱈の鍋は日本海の鱈でなくてはならない。それは身のしまりかたが太平洋側の鱈と微妙にちがうからである。鍋のなかで身がくずれたりとけてしまっては、ごった煮となってしまう。

アメリカ人やヨーロッパの人は、大西洋のタラが最高であってタラの中のタラだという。とくに干ものは大西洋のタラにとどめをさすとまでいいきる。いつも反論するのだが料理のしかたがちがうので論争にならない。バターを入れてリゾットにしたり、チャウダーにしたり、つぶしてペースト状にしてパンにつけたりするらしい。もちろん昔の王様や金持ちは、ステーキのように料理して食べていた。身のしまり具合などあまり問題にしなかったのだろう。ましてタラのほとんどが干ものにされていて、たたいてつぶして食べたのだろうから。

若いときニューヨークの魚屋で生ダラを見つけて喜びいさんでアパートに帰り、タラ汁をつくった。大西洋の冷たい荒波でとれた新鮮なものだから日本海のタラと同じだと思っていた。しかし期待は大きくはずれ、汁はどろどろになってしまった。その後、ハンブルグで同じ経験をした。北海の冷たい海でとれたのだから日本海のものと条件は同じだろうと思ったが、やはり期待は裏切られた。タラの種類は二百ぐらいあるというので、日本海のものとは種類がちがうのかもしれない。

白身の魚は日本でもさっぱりとした味で珍重されるが、これは海の底に近い、ほとんど無重力の環境に泳いでいる不活発な魚の特性である。白身のタラは持久力に乏しく、動作もにぶい。わずかに目の前の餌にくらいつく瞬発力を持っているだけである。だからトロール網が迫ってくると逃げようとするが、すぐ力がつきて簡単に網にかかってしまう。またタラは餌を選ばない雑食性の魚である。口を開けて泳ぎ、何でも目の前にあるものに喰いつく。自分と同類のタラの幼魚であろうとおかまいなしである。

タラの魚場としては昔から米国北部の大西洋岸やニューファンドランド、アイスランドなどが本場であった。歴史も古く約一千年前から重要な食料品としてとられていた。タラは無尽蔵の魚と見なされて魚場は繁盛してきた。それはちょうど北海道で栄えたニシン漁と同じであった。ニシンの最盛期には海が盛りあがり、海水が白く濁ったといわれる。そしてニシンで巨額の金もうけをした人たちは「ニシン御殿」をつくり、栄華をほこった。ソーラン節が生まれたのもこのころであった。ニューファンドランドや米国北東部の地方でもまったく同じように「タラ御殿」ができ、豪邸を建てて富を誇示していた。タラは町や地方の紋章にまで使用されていた。ニューハンプシャー州のワッペンなどはその代表例である。

一九世紀は自然は不滅という信仰が支配していた。科学が底抜けに楽天的であった時代である。二〇世紀に入ってもまだ自然に対する無限の期待が続いた。しかしニシンはもう北海道に来なくなった。なかにし礼の「石狩挽歌」のとおりである。

乱獲でタラもニシンもマグロもペルーのアンチョビも危機的状態となってしまった。漁船にエンジンがついてトロール船が出現してからである。一千年の繁栄をほこったタラも絶滅の危機に瀕している。自然の人類に対する逆襲というべきであろう。

大西洋のタラは一五世紀ごろから英国やフランス、スペイン、ポルトガルにとっては軍需品であった。とくに英国は、フランス軍を相手に戦闘中の船体に膨大な量の干ダラを支給する必要があった。軍需品であったから兵器同様に厳しく扱われた。タラは脂肪分がきわめて少なく事実上脂気がないに等しい。蛋白質は一八パーセント以上で魚としては異例というほど多い。

これを干ものにすると水分が抜けて八〇パーセントの蛋白質のかたまりとなる。子供のころ臭くて大嫌いだった肝油もすぐれたビタミン剤である。だから軍艦の将兵たちにとって重要な栄養源であった。

タラ漁にあたっては各国とも公海上の衝突合戦であった。とくに第二次大戦後は熾烈な争いとなり、それぞれ沿岸警備隊やフリケード艦を出動させて自国の船団を護衛していた。発砲事件や体あたりの妨害は日常茶飯事であった。日本の漁船団も第二次大戦以前、北方海域では日本海軍の駆逐艦などの護衛のもとで操業するのがあたりまえであった。現在、日本船団は護衛もなく丸腰で出かけて、韓国やロシア艦艇に拿捕されたり撃たれたりしている。独立した国家としてこれは大きな問題である。

越後村上の塩引鮭は日本一

記録に残る猛暑だった一九九四年の夏、帰郷のおりに村上市に足をのばした。鮭のふるさと訪問であった。

越後村上は新潟市から五〇キロほど北で、山形県に近い日本海ぞいの町。村上藩のおかれていたところで鮭と美しい堆朱塗《ついしゅぬ》りの町としても知られる。緑したたるしっとりとした小さな城下町で、防風林の外側は日本海。その海ぞいに魚のおいしい、とくに鮭で有名な瀬波温泉がある。今では村上というと、皇太子妃となった小和田雅子さまの先祖の藩といったほうがわかりやすいかもしれない。

お国自慢といわれるだろうが、越後村上の塩引鮭《しおびきじゃけ》は日本一の味である。「しゃけ」であって「さけ」ではない。「しゃけ」という呼び方には懐かしい故郷、雪国のひびきがある。村上の塩引鮭はあたたかく乾いている。市販の鮭とちがい塩水がしたたり、腹の中に塩がびっしりつまったしろものではない。腹の中も乾いてさらさらしている。新鮮な鮭のはらわたと背わたを取って塩をまんべんなくすり込み、一週間ほど漬け込んだあと水洗いし、竹べらでぬめりをとって黒い汁の出なくなるまでこする。この塩加減、漬け方が秘伝という。洗ったあと、北側の風通しのよいところに吊るして乾かす。これが村上の塩引鮭だ。

鮭は町の北を流れる三面川《みおもてがわ》でとれる。水不足の今年の夏でも、朝日連峰に源を発する三面川は水量ゆたかであった。村上藩は宝暦明和のころ(1760)、日本で初めて、いや世界で初めて鮭の習性、生れた川に遡上することを発見した。そして卵を孵化して放流することに成功。青砥武平治という村上藩の下級武士の発想であった。三面川ぞいに鮭の博物館が建てられ、「イヨ・ボヤ」会館としてよく知られている。イヨもボヤも魚のことであり、鮭は魚の中の魚ということになる。館内には昔からの鮭のとり方や漁具が陳列されていて、またいろいろの淡水魚の生態も見られる水族館になっている。

越後ではご馳走のことを「ごっつお」という。鮭の料理の本の表紙も「ごっつお」となっていて懐かしかった。鮭を保存のために手をかけたのは、冬に海が荒れて漁のないとき、冬ごもりの半年を大事な蛋白源の「ごっつお」として味わったからであろう。この村上の塩引鮭は生産量が少なく、一般には手が届かないぜいたく品である。越後でもほとんどの家は、それこそ塩っぽい塩漬けの鮭を買っている。

鮭は越後の正月料理としてかかせない。大晦日には塩鮭の大きな切り身を焼き魚として食べる。これに箸をつけて初めて年をとるというならわしであった。幼いころ、なぜかいつも最後に食べることにしていた。元旦は鮭雑煮といって、わが家では鮭をサイの目のように切ったものと、短冊切りの大根、ぜんまいその他と一緒にして雑煮の具に欠かせない。鼻面《はなづら》の軟骨は氷頭《ひず》といい、これを薄くそいで膾《なます》に入れる。これが氷頭膾《ひずなます》である。鮭は頭から尻尾までまったく捨てるところがない。

亡くなった母の氷頭膾は絶品であった。酒がひき立つのである。毎年正月には、妹からおふくろの味として届く。母のものより少しあらあらしい切り方の氷頭膾であるが。村上では氷頭の酢漬の壜詰を見つけたので、重いのをいとわず買って帰った。鮭は私の郷愁である。

日本人には牛乳より味噌汁がよい

骨粗鬆症とかカルシウム不足がいわれてひさしい。カルシウムといえば牛乳がもっとも効率の高いカルシウム源と考えられていて、多くの本にそのように書かれ医者も異口同音に牛乳の摂取をすすめている。

生れが雪国の山の中で、牛乳など飲まないで育った私は牛乳が体に合わないらしく、すぐ腹をこわす。温めて飲んでもだめである。都会に出てきて、他の人が牛乳をガブ飲みしたり、朝食はトーストとミルクで済ませているなどと聞くといかにもハイカラで、自分が田舎者であることを思い知らされて劣等感を覚えてきた。

ところが偶然ある論文を読んで、日本人には牛乳を飲んでもカルシウムの吸収は行われなく、牛乳またはヨーグルトのような乳製品を飲んだり食べてばかりいると逆に白内障になるとの実験結果の出ていることを知った。

この論文というのは島田彰夫「食と健康を地理から見ると＝地域、植生、食文化」(秋田大学医学部 1988)である。

「乳食文化圏」という言葉があって、これらの文化圏は気候の寒冷な地域か非常に乾燥した地域に分類される。日本やアジア、アフリカなど気温が高くて湿潤な地域では、牛乳にかぎらず乳類は古来摂取されていない。騎馬民族と農耕民族に分類されるのかもしれない。日本でも奈良時代に乳類が上流階級の一にぎりの貴族の食卓に上った事実はあるらしいが、庶民レベルではなかった。

この論文によると、牛乳の中にある乳糖《ラクトース》が分解されないとカルシウムは身体に吸収されないという。場合によっては他の食物に含まれる大事なカルシウムを逆に排泄してしまうという、非常にネガティブなデータもある。この乳糖を分解する酵素がラクターゼである。日本人は白人と異なり、母親の乳を呑んでいるあいだはこのラクターゼ活性が非常に高いのだが、二歳から四歳ごろ、つまり離乳期を過ぎるとほとんどゼロとなる。これは哺乳動物には共通の現象であって、白人の成人だけが例外という。白人の場合はラクターゼ活性が少年期、成年期までそのまま持続される。そういえば離乳期という言葉は、哺乳動物が親の乳を呑まなくなってからあらためて乳や乳製品を飲んだり食べたりしなくてもよいから使用される言葉であろう。

成人のなかでこのラクターゼの働かない人たち、つまり牛乳などからカルシウムのとれない人種や民族のなかで、日本人は下の方から四番目に位置し、もっとその値が低いのはアフリカのイボ族とセム族、そしてタイ人、次ぎに日本人、中国人という順である。逆に効率よく吸収できるのはイタリア人、フィンランド人、アメリカ白人、スイス人……であり、なかでも最高なのがスウェーデン人である。

アメリカの黒人たちは約二〇〇年前にアフリカから奴隷として連れてこられた人種で、日本人の乳糖摂取の歴史よりはるかに長いはずだが、ラクターゼ活性は欧米人なみに達していないという。日本人やアジア、アフリカ人が欧米人なみになるには約一万年かかるという。私はあきらめて無理をしないことにする。

それでは日本人がカルシウムを何から摂取してきたかというと、豆類、豆腐、野菜類、とくに小松菜や大根の葉からであるが、大根の葉には牛乳の一・五倍のカルシウムが含まれている。海藻類、とくにおふくろの味といわれるひじきにいたっては、牛乳の一六倍ものカルシウムが含まれている。われわれの身のまわりにあるものを日本人は昔から味噌汁に入れたり、おひたしにしたり、湯豆腐にしてむりのないかたちでカルシウムを摂取してきた。一汁一菜とは、質素な食事の代名詞のようになっているが、昔の日本人には味噌汁が主であった。味噌汁と漬物がないと食事のできない私にとっては偉大な発見である。

湯豆腐万歳！　味噌汁万歳！

ヘチマコロンという名の妙

「はじめに言葉あり。言葉は神とともにあり。言葉は神なりき」

誰もが知っている旧約聖書の創世記の一節である。旧約聖書によれば、神ヤハヴェは土の塵で人形を作って、息を吹き入れて生命をあたえた。ヤハヴェ神はさらに「すべての野の獣、すべての空の鳥を形づくり、それを人のところに連れてきた。彼が彼らをどのように名づけるかを見るためである。人が彼らに名づけるとそれが彼らの名となるのであった」

つまりネーミングをしたのである。これによって万物は誕生したことになる。人間は言葉をもつことで人間となり、自分のまわりの事物にネーミングすることで、まわりの事物との関係、すなわち世界を作り出してきた。

消費者関連の製品を作るメーカーはネーミングでいろいろ苦労していることがよくわかる。新聞、雑誌の広告やコマーシャルを見て感心したり苦笑いしたりする。当社の製品のネーミングで傑作と思うのは、カメラの「センチュリオン」ではなかろうか。強大な古代ローマ軍は戦ってはつねに勝っていたが、その強さの中核となっていたのが百人隊長「センチュリオン」であった。耳に感ずる響きもよいし未来世紀のセンチュリー指向も感じさせる。

以前、昭島市付近の人が生まれた赤ちゃんに「悪魔」と名づけたいと届け出たが、さすがに市役所もとまどって受けつけず、両親に再考をうながした。マスコミはまたしても子供の人権だ、親の権利だと騒ぎたて、知識人と称する人たちが論争していた。

キリスト教文化の国々では、まずこのようなばかげた問題は起こさないであろう。自分の子供に「悪魔」と名づけたくなるような社会的雰囲気はないし、もしこのようなことが起きたら世間は承知しないはずである。

日本でも古くは万葉集に「言霊の幸く国と語りつぎ言いつがひけり」とある。古来、言葉に宿っている不思議な霊威の力がはたらいて、言葉どおりの事象がもたらされると信じられていた。言霊の霊妙なはたらきによって幸福をもたらす国と語りつぎ言いついで来たとあるが、いつのころからこの語りつぎは途絶えたのであろう。

親は生まれた女の子に「美恵子」とネーミングすることで、子供は正体不明の生き物から「美恵子」という人間になる。美しく恵まれた賢い子に育ってほしいという万感の願いを込めてレッテルを貼るのである。健康に立派に育ってほしいという祈りの札である。

さて、わが家では十数年前、知人のすすめで水道に浄水器をつけることになった。カルキの強烈な臭いをとるのが主目的だったが、イオン水と酸性水の両方が出るのである。イオン水は飲料や煮炊き用、酸性水は洗顔や切り花の水揚げ用、とくにバラなどの切り花によいとある。酸性水はまたヒゲソリ後によいと説明書にあり長いあいだ使ってきたが、ある時期からはこれはいったいどんな成分だろうと考えるにいたった。そしてヘチマコロンと同じ成分らしいことに気がついた。ヘチマコロンを思い出してからは、今度はヘチマコロンのネーミングはどこから来たのだろうと考えた。

周囲の人たち、とくに老若の女性たちのほとんど全員が、ヘチマコロンはヘチマのエキスの化粧水ですという。コロンとは化粧水と思い込んでしまっている。いや親子代々言葉が体に刷り込まれてしまっていて、考える余地などないのである。

コロンとはオーデコロンのコロンのことであるが、コロンは化粧水の意味でなくてドイツの古都ケルン市のことである。世界カメラ博「フォトキナ」が二年に一度開催される街である。オーデコロンはフランス語で、そのものずばり「ケルンの水」Eau de Cologne である。

ナポレオンがヨーロッパ全土を席捲したとき、フランス軍はライン川の畔のケルン市に攻め込み占領した。ケルンでは古くから化粧水を作っていて、フランス軍の占領によってむしろオーデコロンとして世界的に有名になった。ちなみに、ナポレオンの侵攻に当たってケルン市民は道路の標識や名前を撤去して無言の抵抗をした。フランス軍の将校は家々に番号をつけて歩き、四七一一番となったのが、ドイツで今もっとも有名なオーデコロンの「四七一一」ブランドである。

ヘチマコロンのネーミングは大正一二年、今から七九年前につけられたもので、珍作というか、むしろ最高傑作ではなかろうか。天野源七という人がつけたとされる。コロンを化粧水という意味にとった誤解にもとづくネーミングと思うのだが、誤解であれ、意図的であれ、現在にいたるまでまちがいを完全に定着させてしまった「ヘチマコロン」の力は凄いといわねばならない。

ガラス越しの花火見物

猛暑の夏ならなおさら、どこでも花火大会が賑う。夏の夜空の一瞬のはなやかないろどりに涼を求めるのは、日本人の繊細な、洗練された美意識のひとつだとおもう。

両国の花火は江戸時代から夏の風物詩であったが、いつのまにか隅田川の花火にとって替わられた。時代の流れであろう。

毎年夏になると夕暮れどき、遠くの多摩川の川べりの方から花火のドンドンという音だけが聞こえてくる。今日は近くから聞こえるようだと多少の期待をもってベランダに出てみる。隣家の屋根が大きく暗くおおいかぶさっているのを見て、やはりだめかとかすかな失望を感じて下りてくるのがつねである。

一度は見たいと思っていた隅田川の花火見物がついに実現した。友人から招待されて、入場券が送られて来たのである。吾妻橋のほとりに立つビルの一室で、個人的に親しい友人を二〇名ばかり招待して、花火見物パーティーを開くというのである。ビルは隅田川にせり出すように立っており、眺望は申し分なく、第一会場の言問橋の方と第二会場の駒形橋の両方向が見わたせる部屋であった。高さといい眺めといい最高の場所である。

驚いたことにこのビルは窓の下に花火の音を入れるため隙間がわざわざ作られていて、必要に応じて開閉できるようになっていた。ビルを建てるときから花火見物を考えて設計したものという。花火には音が絶対にかかせないからである。

あかね色だった薄い雲も消え、透きとおるような高い空もだんだん暗さを増してゆき、いよいよ待っていた第一発が打ち上げられた。豪華で絢爛で部屋のなかの女性たちの歓声と嘆声が上がる。眼の前の広い空間につぎつぎと五彩の花が画かれては消える。真円に広がるもの、宝石の束のようにきらめきながら連なって落ちて行くもの。文句なしに魅せられる。いっせいに消えたあとの真っ暗な空間は深淵の深さを感じる。

隅田川の両岸は人で埋まり百万人の人出であったとか。花火も時代によって変わるものらしく、ひとつひとつ名前がつけられていて、「夜空の花時計」とか「ダンシングオールナイト、パラパラを踊ろう」など、初めてみる私などにも何となくモダンな色彩と造形であることが感じられた。

やがて何かしっくりしない違和感のようなものを覚えた。かすかなものであったが何かおかしい、何か足らないものを感じはじめた。

大きなガラスの窓越しに画面いっぱいの華麗なページェント、室内は適度の空調。カーペットの床。くつろげる椅子。満ち足りた飲み物と食べ物。行き届いたサービスと心づかい。しかし何かが足りない。何が足りないのだろうか。

やがて思いあたることになる。この部屋はあまりにも行き届いた環境でありすぎる。贅沢でありすぎる。野性味がまったくない。自然がない。夏の夜風がない。何よりも音が不足している。ガラス窓の下には隙間があるが、あの腹にこたえるドドーンという音がない。バリバリと裂けるような響きが伝わってこない。ガラス越しに見る紙芝居のもの足りなさではないか。ハウス栽培の、形の揃ったトマトやキュウリを食べているような味気なさ。花火とはそもそもが大空に火薬を打ち上げて爆発させる「のろし」であって、音も重要な役目をもっていたはずである。招待してくれた友人には申しわけないが、花火見物は人工的な気どった格好で、気どった場所で見るものでないとさとった。昔どおりの浴衣がけで下駄ばきで、夜風に吹かれやぶ蚊をうちわで追い立てながら、腹にひびく音を楽しみ、集いの歓声と盛り上がる雰囲気を楽しむものだとつくづく思ったのである。

シーラカンスのままに

雨が強く昼食は地下のレストランで食べることにした。食事までのあいだ、所在なく腕を組んで前の壁を見ていた。大きな赤い鯛の絵の額が掛けてあり、読めない字で賛《さん》が書かれていた。鯛の大きさが二メートル近い大きな絵であったが、眺めているうちに赤い鯛がいつしか頭の中で「生きている化石」シーラカンスになっていった。

「生きている化石」(Living Fossil)と呼ばれているもので、もっとも数が多く日本でも見られる甲蟹《かぶとがに》やオーストラリアで見られる肺魚《はいぎょ》、あるいはアメリカ大陸に分布している大木のメタセコイヤが代表であろう。「生きている化石」はまだたくさんあるが、何といっても学者やわれわれ大衆を興奮させるのは、体長が一・八メートル、体重が九五キロもあるシーラカンスではなかろうか。もし、一八センチくらいの普通の魚の大きさであったら、科学者も大衆もこれほど興味を持ったかどうか。かくも大きな魚類がかくも永いあいだ、科学の光に当てられないできたという事実が問題である。

あれは昭和一四年(1939)の中学二年生のころであった。新聞に写真入りで三億五千万年前のシーラカンスという魚がアフリカのマダガスカルの沖で捕獲されたと報道されていた。

生まれつき好奇心が強く、夢ばかり追っていた田舎の少年にとっては大変なニュースであった。あれこれ空想して興奮し、家族や友だちにいろいろ話したが、だれも本気で相手にしてくれず、失望したことを鮮明に覚えている。

学名は「ラテメリア・カルムナエ・スミス、一九三九」。ラテメリアは最初の発見者であった女性の博物館長マジョリー・コートネー・ラテイマーの名前、カルムナエとは最初に獲られた場所、南アフリカ共和国のカルムナ川沖にちなんだ名、そしてスミスとは最初に研究して苦労に苦労をかさねて一九三九年に発表にこぎつけたJ・L・B・スミス教授の名である。コモロ諸島はフランス領であって、このような学問的大発見でも、フランスの大国意識と学者のエゴに妨害されて研究や資料の帰属等、スミス教授の苦労は大変なものであった。ここにも国境の壁が厳としてそびえていた。

シーラカンスは一九三八年の最初の捕獲から今までに一五〇匹から二〇〇匹が獲られているが、不思議なことにマダガスカル島の北端とコモロ諸島から獲られている。しかし近年になり、マダガスカル島とアフリカの間のモザンビーク海峡からも発見されている。水深はそれほど深くなくて七〇メートル。体は堅い鎧のような鱗でおおわれていて、色は暗い青色。ピンクがかった白色の斑紋があり、死後は紫や褐色に変色する。

化石でしかシーラカンスは発見されていなかったのだから、想像力と学問的勇気なしにはこの研究と発表はできなかったかもしれない。事実、スミス博士はコートネー・ラテイマーからの手紙とスケッチを見てただちにその胸鰭、腹鰭、尾鰭、鱗が見たこともないもので、学会でも知られていない魚であることに気がついた。

後年彼は語っている。「脳のなかで爆弾が破裂した。……脳裏に浮かぶ魚類をつぎつぎに点検してみたが、該当するものはまったく見あたらない。このスケッチは自分の知識を超えるものがある……」と。

最後のシーラカンスは最後の恐竜とともに七千万年前に死滅したと生物学者のあいだで考えられており、コートネー・ラテイマーより前に生きたシーラカンスを見た西欧人は一人もいなかった。

シーラカンスだけでなく、七千万年前に絶滅したという生物を生きた個体で発見することは異常である。スミス教授の驚愕も察するにあまりある。恐竜の時代の魚が生きていたとは、世界の海、とくに人の手の届かない深海にはまだ信じられない生物がいるのではないかと、空想の世界が広がっていく。科学はすべてのことを鮮明にし、生命のすべての謎を解き明かしたと思われていた時代であるが、シーラカンスはロマンを再現し、夢をあたえてくれた。

地球上の大陸は、二億五千万年前にはたがいに結合していて「パンゲア」という一つの巨大な大陸塊であった。南米大陸、北米大陸、ヨーロッパ、アフリカ大陸は一つの巨大な塊であってインド大陸もアフリカの南に接した三角形の大きな島のような塊で海に浮いていた。このころ、シーラカンスはどこの海に棲んでいたのであろうか。現在捕獲されているコモロ諸島はまだ新しくて五百万年前まで存在しなかった。海洋底、島、海嶺のどこで、現存するシーラカンスの祖先は七千万年生き延びてきたのであろうか。その場所はどこであろうともシーラカンスは今もそこにいるのだろうか。

シーラカンスの生存にはまだまだ未知のことが非常に多い。どこに何匹いるか、繁殖で何匹増えているかもわからない。一九七五年になってやっとシーラカンスは子を産む魚類であることがスミス博士の解剖で発見され、論争にピリオドを打った。もっとも基礎的資料ははっきりしていないのに、科学者のなかには生き残っている個体を全部獲って水族館で飼育したほうがよいという者もいる。これは思い上がりではないだろうか。日本の遠征隊が繁殖用のオスとメスの番《つがい》の捕獲をハイテク機器を使って計画しているとのことで、これは深刻な問題である。佐渡のトキを絶滅させたことはつい最近のことである。ロマンの源は自然のままにしておいてほしいものである。

恐竜絶滅の謎

もの心のついたころから、超常現象や摩訶不思議な話に興味を強く持っていた。雪深い山間の僻村で育ったので、雪女《ゆきおんな》の話からはじまって話題にはことかかず、空想にふけり夢見ることの多い少年時代であった。いつのころからか恐竜にこったのもそのひとつである。

古い映画でコナン・ドイル原作の『失われた世界』というのがあった。まだ小さかった子供たちをだしにして見に行った。約一億年前の白亜紀に南米大陸の密林のどこかで周囲が大陥没して、大きな大陸が台地となって孤立して残ったという設定。この台地の密林の中には、絶滅してしまったはずの恐竜や始祖鳥が中生代そのままに繁栄していたのである。

数年前の夏休み、今度は孫を連れて「ロスト・ワールド」を見にでかけた。「ジュラシック・パーク」に次ぐスティーブン・スピルバーグ監督の作品で、やはり南米の孤島が舞台であった。数十種の恐竜が棲んでいて、コンピューター・グラフィックによる恐竜たちは自然になめらかに動き、暗褐色のぬめぬめした皮膚がジャングルの深い緑にとけこんで迫力があった。

地球に生命が発生してから三八億年間、どれだけの数の生物種が地球上に現れたか定かではないが、ひとつだけ確かなのは、そのほとんどが現代にいたるまでに絶滅している。シーラカンスのようなものは例外中の例外である。種の絶滅は生存競争の必然であって、特別のことではないという。しかし、特定の時期に大量の種が絶滅していることは問題であろう。地球の生命史三八億年のあいだに五回あるという。恐竜は六五〇〇万年前の白亜紀の末に絶滅した。

この時期に地球上に存在した全種の七〇パーセント以上がいなくなったと見られる。

一億数千万年という長いあいだ地球上に生き、栄えた恐竜が絶滅した理由についてはさまざまな説がある。その一つは「種の老化説」である。あまりに長いあいだ生き続けたために、肉体の巨大化や骨格などが無用なまでに発達して生活能力を失ったという説。しかし巨大なものばかりでなく、現代の鹿のように軽快に走り回っているものもいたはずである。なぜ同時期に絶滅したのであろうか。しかも陸上と海洋生物の双方が。同時期といっても瞬時に消滅したというのではない、二万年から四〇万年のあいだであるが。

その他いろいろの説があるが、科学としては確かさに欠けるものばかりである。そして新たな説として現れたのが、「隕石衝突説《いんせき》」である。

現在はこの説がほとんど主流であって、隕石の衝突により、想像を絶する地球環境の擾乱《じょうらん》をひきおこしたためといわれている。

隕石の大きさはおおむね直径一〇キロメートル。衝突場所のクレーターの直径は二〇〇キロメートル、深さ三〇キロメートルの巨大なものであったらしい。そしてその場所はメキシコ、ユカタン半島のチクチュルブ村の海であった。

六五〇〇万年前の「その」瞬間、恐竜たちはなにをしていたのであろうか。もしそのころに人類が存在して現在のような科学の発達があったら、計算と観察によって「それ」の接近に地球上がパニックになっていたことであろう。しかし、陸をのしのし歩きまわり、悠然と空を飛び海を泳いでいた恐竜たちは「その」瞬間まで知るはずはなかった。

突然大空の彼方に現れた「それ」は、秒速五〇キロメートルという音速の百倍くらいのハイスピードで地球に接近してきた。「それ」はあっという間に太陽の百倍以上も明るく輝き、温度も太陽より熱かった。数秒のあいだに大気との摩擦で巨大な火の玉となりながら、チクチュルブ村の海へと突込んだ。深さ百メートル以上におよぶ海水を押しのけ、海底の地殻のなかに深く突入し、「それ」は猛烈な爆発をおこした。海水も岩石も轟音とともに瞬時にくだけ、白熱化した巨大なキノコ雲となって空中高く噴き上げた。一瞬ののち、海水はおろか海底の地殻さえも蒸発して消えさっていた。地殻は激しく波うちながら、直径二百キロメートルにおよぶ深いクレーターをつくる。上空には舞い上がった数兆トンもの岩石のチリが宇宙空間の高さまで飛び散った。このとき解放されたエネルギーは、冷戦時代に米ソが持っていた核弾頭を全部爆発させたすべてのエネルギーの十万倍であった。

爆発の中心部では、数万度以上の灼熱《しゃくねつ》の爆風が見わたすかぎりのすべてをなぎ倒した。海流は百メートルの高さの山脈のような津波となって地球上のすべての海をかき乱していった。舞い上がった大量のチリやススはしだいに天空をおおい、太陽は闇に消えていった。恐竜たちにはまさにハルマゲドンの一瞬であった。

太陽の光の届かない地表はしだいに温度を失う。それから十万年から百万年という長い長い冬を迎える。植物たちは枯れはてる。草食動物は餓死し、餌をなくした肉食動物も消えてゆく。飢えた恐竜たちには激しい酸性雨が真黒に降りかかる。オゾン層は消滅し、有害紫外線は地球上にすどおしで降りそそぐ。そして長い沈黙の時代が続くのである。

恐竜は一億年以上繁栄した。ヒトの歴史は猿人以来四四〇万年であり、ホモ・サピエンスのクロマニヨン人からまだ数十万年でしかない。ヒトも一千万年ぐらいは生きのびるであろう。隕石の衝突の確率は何十億年に一回とか。長寿の人であろうと、人間は百年とわずかでしかない。

★——ここに収録する対談は「世界からの視点」と題し、1993年と1996年に日本経済新聞に掲載されたものです。

第5章

きたるべき日本をめぐる対論

——塩野七生さんと

塩野七生さんとの対談を、南イタリアのカプリ島で収録。私は『ローマ人の物語』の愛読者である。
（1996年）

日本型の経営システムがある

やみくもな利潤追求は、改めるべきです――塩野

リーダーにとって大事なのはイマジネーションです――下山

下山――戦後の日本は、とくに経済の面でひじょうに発展してきました。終身雇用や年功序列、企業内組合といった日本式経営が経済発展に役立ったのだと思います。しかし、だんだん成長力が鈍ってくると、これまでと同じ方法ではやっていけなくなります。日本式経営の中でいちばん早く崩れていくのは年功序列制度です。もっとも維持することが難しいシステムは終身雇用制度ではないですか。私は何でも米国式の尺度で推し量るのは賛成できないが、日本型システムの一部は変わらざるをえないでしょうね。

塩野――それにしても経済界の方々は委縮しすぎです。いままではうまくいってきたけれども、ちょっとまずくなると度を失ってしまうところがあります。完全に改めなければならないのは、市場独占主義とかやみくもな利潤追求といったこと。戦後五〇年の勝者は、日本やドイツなどかつての敗戦国だったと思います。われわれは勝者なんです。それなのにいま、ちょっと経済状態が悪くなったといって欧米型に変えるというのは、まさに歴史、伝統に反します。日本型

経営システムは断固守るべきです。そうでないと自家中毒をおこし、元も子もなくなりますよ。なぜかといえば、われわれの本性を捨てちゃうからで、われわれの本性に反する欧米的スピリットを導入してもだめです。われわれは五〇〇年間の欧米の個人主義——つまり権力や権威、それに美までがひとりの人物に集まったようなシステムとの勝負に勝った。白人対黄色人じゃないんです。これを私たちは考えなければいけない。

下山——日本はおそらくある程度は欧米型も取り入れて二本立てになるだろうと思います。欧州の場合は顔つきから家柄まで全部ちがうけれども、日本には階層がなくすべて無差別悪平等ですから、システムを変えようという力は欧州とちがってひじょうに強く作用します。

塩野——外国人が何だかんだ言おうがいっさい聞かずに、守るべきことは守るべきなんです。年功序列を能力別にするというのは欧米的でしょう。でも、たとえば若くて有能な人が年寄りを使って何でいけないのか——これは論理的には正しいんですが、社会は安定しないと、その社会の持っている活力は効率よく発揮できない。そもそもちょっと能力は落ちるかもしれないけれども、何年も一生懸命やっている人に華を持たせる制度が年功序列ですよ。これを全部廃止したら、これまた日本的でないわけです。日本では長老に対して尊敬の念を持つという社会風習があったじゃないですか。

下山——同感です。つねに歴史のなかに重りを降ろして測りながらやっていくべきだと思うんです。私たちのようにモノづくりの企業の場合、自然科学の発展、先端技術の発展のためには、若い人たちにできるだけチャンスを与えて伸ばしていくことも必要なんです。

塩野――それには従来とは別の組織にしてやることが必要です。

下山――そう。しかしマネジメントをする人間には、塩野さんの『ハンニバル戦記』にあるような、まさしくスキピオであり、ハンニバルのようなリーダーシップが必要です。私が企業経営者としてつねに社内で言っているのは「兵は勢いなり」ということです。歴史をひも解いても、戦いに勝つには兵の勢いなんです。「朝《あした》に一城を抜き、夕に一城を屠《ほふ》る」ですよ。もう一つは、マキアヴェッリは「リーダーにとっていちばん大事なのは想像力だ」と言っていますが、私はこれを「イマジネーションであり、男のロマンだ」と言っているんです。

いまや世代交代を進めるときです――塩野
日本はモノづくりの場ではなくなりつつあります――下山

塩野――スキピオの場合は特例に特例を重ねて抜擢されます。私はときどき、日本人に訴えたいと思って書くことがあるんですが、あの本のなかにもあるように、スキピオに対してファビウスが反対したのは、ファビウスが老人で頑固になったからではなく、成功者だから頑固になったんです。日本の場合、五〇年間成功してきた。その立役者たちは、幸いなことに米国が公職追放をしてくれたので、たとえばいまの経済界の長老たちはそのとき、思いもしなかった若い年齢でトップに就いた。つまり、そこでひじょうにうまく世代交代が進んだわけです。いまやその世代交代をやらなきゃいけないのです。ところが、長老たちは成功者だから、どうしても若い人たちは頼りない、危ないとおもう。あるいは逆に、もうだめだ、全部代えようという、そのどっちかになっちゃうんです。

じつは、こういうことが教養なんです。すべからく物事は二律背反ですが、教養があると、このバランスをとってやることができるのです。そうじゃないと頑固になってしまう。

下山——それは各企業の知恵、知識のちがいじゃないでしょうか。オーナー経営者はとかく「自分がいなければだめだ」といいがちです。しかし、企業は公器だと考えると、トップ経営者が普通の知識を持っていたら、ある時期に世代交代を考えるのはあたりまえなんじゃないですか。

塩野——でも、欧米の経営者は企業を公器だなんて絶対に思わないですよ。そう思っているのは、日本人のいい点なんじゃないですか。

下山——日本は大きく変わってきています。たとえば一ドル＝一〇〇円時代という急速な円高の進展で、日本はもうモノづくりの場ではなくなってきています。出生率は下がり、若年労働力は少なくなってくる。といって、政治はあまり信用できない。そうなると、企業が生き延びるためには、コストの面からも海外展開をせざるをえない。その結果、日本は空洞化します。それを埋めるには、日本の産業構造を知識集約的、技術集約的にすることです。日本が生き延びるためのシステムとして、政治のリーダーをはじめ経営者などみんなが考えていかなければいかん問題だと思います。

塩野――たとえば東南アジアのインフラ整備をしてやり、生産性と生活水準を上げ、日本のモノを買ってもらおうとしたらどうですか。

いま東南アジア全体で、日本から進出した企業は何百万人という雇用によって、すさまじい数の人間を養っていることになります。しかし、それだけでは相手を納得させ得ない。「こっちだって働いているんじゃないか」と言われたらおしまいだからです。われわれはそれ以上のことをやりたい。それこそ軍隊などを使わず、私たちの国情に合い、しかも東南アジアの人々が日本に対していだいている「ふたたび軍事大国になるのではないか」という疑惑を払拭させ、かつ米国を怒らせないですむことを。米国に卑屈になる必要はないけれども、怒らせる必要もないですから。

下山――たしかに日本の企業は東南アジアで数百万人を雇用している、おそらくそうでしょう。しかし、政府や政治家が推進しているわけではなく、企業が生きんがために飛び出して行っているんです。

塩野――政治家が無能で、経済人が有能だとおっしゃっているのだとするとまた問題ですよ。経済人が相対しなければならないのは数字ですが、政治家の場合は数字ではなく言葉だから効果が表れにくい。それに、いままでの日本の状態にとっては、いままでの政治家でよかった。

でも、これからもそれでいいか、という問題です。

下山——ええ。ローマ人は、現代にまで残るみごとな道路造りをしました。それと同じようなインフラ整備を東南アジアでやるべきだと思うけれども、企業にはできません。どうしても有能な政治家や外交官の登場が必要になります。

東南アジアと運命共同体に——塩野
われわれは属州であってはならない——下山

塩野——工場をもっていくという方法は純粋に経済的活動であり、インフラ整備は政治的な活動です。それを実施することによって日本と東南アジアは運命共同体になる。ということは、われわれの安全保障になるわけです。それに対して、米国は文句を言えない。

アジアという政治的にひじょうに不安定な状態を安定化させるのは、何のことはない、みんなにモノを持たせればいいのです。何かを持っていれば過激にはならないですよ。東南アジアでそうすれば、彼らはラジカルでなくなり、安定化するじゃないですか。それがわれわれにとって、また米国にとってよければいいわけです。われわれは全部が満足することを考えなければいけないと思うんですが、私はポシブルかインポシブルかのどちらかだと考えます。

下山——私はポシブルだと思うし、やらなければいかんでしょう。サバイバルのための必然的な方向ですよ。ただ私は、欧州とか米国、あるいはアジアという形でブロック化したり壁をつくるようなことは絶対にいけないと思う。

塩野——賛成です。でも欧州では、日本がカンボジアの復興支援をあれほどよくやったことがニュースにならない。つまり、欧米には自分たちの勢力圏があるのです。われわれがロシアや東欧などにあまり手を伸ばすと、ドイツの勢力圏とぶつかるし、湾岸地域に手を伸ばせば、米国の勢力圏にぶつかるわけです。だから、安全保障のためにも、なるべく自分の近所から始める方がよろしいですよ。

下山——経済は体力ですから、衰えつつあるとはいえ、日本の体力はまだ大いにあることは間違いない。湾岸戦争のとき、日本はカネだけ出して世界から批判をされましたが、たとえばローマ時代、ユダヤ人はローマ人の二倍の税金を払う代わりに兵役を免除されていました。もちろん、カネだってわれわれの汗と油の結晶ですから、いいと思うんですが、カネだけ出していて本当にいいものだろうか……。

塩野——ローマの属州になると兵役免除になる代わり、収入の十分の一の税を払ってますよね。だから属州民は税金を払う人間で、ちゃんとした市民は自分の身体で兵役という直接税を払う。つまり、日本がいくらお金を出しても、兵隊を送っている国よりも低く評価されるのは、欧米の論理からすると当然なんです。国政参加権は権利であって、義務は自分が参加した国を守る

——これが欧米の論理ですから、カネだけ出すのは属州の民なんですよ。

下山——われわれは属州であっていいはずがありません……。

塩野——私の本の『ハンニバル戦記』の最後の方に、カルタゴはローマの対シリア出兵に対して経済的に協力をしただけだということが出ていますが、属州の民であるということは永久に二級の国と見られることなんです。

二一世紀は「質の時代」

下山さんのお話は、じつに理想主義的——**塩野**

日本でしかできない技術やノウハウは、国内に残そう——**下山**

下山——六〇年代と八〇年代にかけて、米国の製造業は海外に出て行き、米国は空洞化してモノづくりの能力が衰退しました。しかし米国の経営者は変わり身が早い。現地で非難されようが、レイオフでもなんでもして、また米国に帰ってくる。それでたとえば自動車などは、日本を凌駕する品質と生産性を持つにいたっています。パソコンや知識集約的なソフト、さらには半導体などは日本以上の力を持ちつつあります。つまり、一時的に出ていっても状況が変われば、また帰ってきて、新しい方向性を見い出しています。日本がモノづくりを忘れると国の将来は危ういとは思いますが、将来を決して悲観してはいません。日本の製造業は一時的には空洞化します。すでに大手家電メーカーなどは五、六百社あった下請けを半分にすると宣言しています。しかし、日本のように階層のない社会はサイエンティストもエンジニアもワーカーも区別がないので、手を汚し、額に汗を流すモノづくりには最適の社会です。ですから、より高度な、付加価値の高い技術集約的なモノづくりは国内に残っていくと思います。一時的には大量生産品などは外に出るでしょうが、高度な技術が残っていれば、いつでも引きあげて国内で製造していけます。

塩野——下山さんのお話はじつに理想主義的ですね。別の視点から見て、よその国では絶対に造れないものを日本で造ったり、ある機械がないと作業できないとか、商品にならないようなものを造ることは可能なんでしょうか。

下山——できると思います。コアになる技術とコアになる先端的な製品は、日本でなければできません。

塩野——この技術あるいは製品がないと機械として絶対に成り立たない、というものを日本で造るというのは戦略的手法ですね。

下山——そういう技術とノウハウは、戦略的に日本に残しておかなければいかんです。たとえば私どもで開発製造している内視鏡などの直径〇・三ミリのレンズとかプリズムの研磨などは、日本人でないとできません。あるいは、いま第三次情報化革命といわれていますが、画像圧縮などコアになる技術は日本で育ち得ます。

塩野——私の仕事の「ローマ史」だって、いままでごまんと書かれてきたし、これからもごまんと書ける。その中で、これは私しか絶対に書けない何かをひとつ持っていなければいけないわけです。

下山——大学で哲学を学ばれただけに、ものの見方がちがいますよ。塩野さんにとって、それは絶対的な力だと思います。

塩野——特殊な技術や機械は私の場合よりよっぽど客観的な存在ですが、それは戦略的に絶対自由化してはいけない。ある中小企業の社長さんと話していたら、自分たちは何もないけれども、ほかではもう造っていないものを扱っている。それがないとボーイング社も飛行機を造れない、といっていました。そういうものを持てばいいわけです。

時代にはそれにふさわしい人口があります――塩野

自由貿易体制の維持に努力すべきです――下山

塩野――日本はやはり空洞化して貧乏になるわけですか。

下山――ええ、貧乏になります。

塩野――それなら外国に出ていく場合も、自分たち一億人以上の国民が適度に食べられるように考えておかなければいけませんね。

下山――海外に進出した場合、利益を一〇〇パーセント日本に還元してはダメです。現地にも還元し、売った先でももうけてもらわなければいけない。日本で造る場合より利益は若干減るかもしれませんが、見返りは当然あるので、その点の心配はいらないと思います。

塩野――私たちはこれまで国内の一億二千万人を運命共同体にすることに成功し、それによって欧米に勝ったのです。東南アジアの人々を運命共同体の一員にしたら、それこそ向かうところ敵なしでしょう。私たちがいちばん得意とする技術と経営によって、それが可能なのです。

下山――日本はヴェネツィアと同じように、人的資源を除くと国内には何もない。貿易立国、交易立国です。その意味でも自由貿易を維持しなければいけないと思います。

塩野――貿易立国は平和でないとやっていけません。

下山――平和を保つには政治と外交が大切です。明治時代のような気概のある政治家がいてほしいと思います。

塩野——いままではたいした政治を必要としなかったから、日本にはたいした政治家が出てこなかっただけで、これからはたいした政治家を必要とするから、きっと出てきますよ。もし出てこなかったら、政治家の悪口を言うのは間違いで、それはわれわれ国民の反映なんですから、われわれがもうだめだということです。

歴史を見ると、一国の活力、体力はピークをむかえ、やがてなくなる。年齢でいうと日本はいま三〇代のおわりじゃないですか。米国は五〇代のジョン・ウェイン、英国は七〇歳くらいのデービッド・ニーブン。われわれが逆立ちしても、デービッド・ニーブンのような背広の着こなしはできません。しかし、七〇歳なんです。改革、方向転換をするにはカネから体力からすさまじいエネルギーを要しますから、体力があるうちにしなければだめです。

下山——経済が斜陽化しだしたときに、ピークの時期を伸ばすのが政治であり、外交です。私は一七、八歳のころにクラウゼヴィッツの『戦争論』を読んだけれども、よくわからなかった。でも、塩野さんの著作を読んでよくわかってきました。戦争は形を変えた政治の延長で、われわれは戦争を目的として負けたわけであり、間違ったんです。われわれにはローマやヴェネツィアやフィレンツェなどのような外交的手腕がなかった。われわれは政治、外交において、マキアヴェッリがいうような危惧を持ち運命に即応できるような人材を待望していいんでしょうか。

塩野――米国人は米国人なりに、彼らのピューリタニズム的な精神で人材をセレクトしますが、われわれがそれと同じようにやったらだめです。私たちには「水清ければ魚棲まず」という言葉があるじゃないですか。

下山――国乱れて孝子出る、ですね。

塩野――国破れて山河あり、では困りますからね。

ある未来学者が、どこそこの民族に文明がおこり、どこそこの民族ではおこらないのはなぜか、客観的、科学的な説明のしようがない。ゆえに、隕石が落ちたところに文明が起こったのだというしかない、といったことがありますが、たたかれても、だめになっても、また立ち上がる民族があるのに、一回たたかれただけでだめになってしまう民族がある。なぜそういう違いがあるのか説明してくれた文化人類学者は一人もいません。思うに、時期が問題なんです。たとえばオランダは経済的にすさまじく繁栄した時期があったのに、政治的な切り替えに失敗したために、繁栄が長続きしなかった。その点英国は非常にうまかった。ドイツはいいところまでいってバーンと落ち込み、また上がって落ちるということを繰り返しています。

下山――プラトンは「国家が栄えるために必要なのは気概だ」と言っていますが、ヴェネツィアが滅びたのは気概がなかったからじゃないですよね。

塩野――ヴェネツィアは八〇歳まで生きて死んだのですから老衰です。一八世紀にいたって都市国家が存在していたこと自体、一種のアナクロニズムでしょう。よくぞあそこまで、という感じですから、もう自然死です。

下山——大航海時代という大きな人口を必要とする民族国家の時代に連合できなかった？

塩野——ヴェネツィア繁栄の要因が大航海時代には裏目にでたということなんです。時代には、それにふさわしい人口があります。都市国家は、土地に経済基盤を置かない頭脳集団がいたということだから、フィレンツェやヴェネツィアやジェノバの生産性が高くなるのはあたりまえなんです。ところが、やがてボーダーができはじめ、近代国家になると、人口の規模は英国は八百万人と百万単位になる。それでは一〇万単位のイタリアの都市国家は対抗できない。生産性では十分対抗できるかもしれないが、他の国に匹敵するような軍隊を持てない。つまり、量の時代になってくるんです。その後、地球は一千万人単位になり、二〇世紀になって億の単位になった。

二一世紀は質の時代になります——塩野

技術の開発には若い頭脳が必要です——下山

下山——二一世紀には日本の人口は減少し始めていますね。

塩野——米国人は数字でしかものを考えない傾向があるから、二一世紀は一〇億人の単位になる、と大騒ぎをしていますが、私は今度は逆に小さくなり、五百年間にわたってきた量の時代から質の時代に逆戻りをすると思う。そうなると、高齢化問題もさほど悲観的ではなくなる。老人は量ではなく、質で勝負するからです。だから今、日本が経済大国だなんていうのはおこがましいのです。これからです。

下山――しかし、先端的な技術の開発には若い頭脳が必要です。

塩野――でも、技術を使いこなすには老人の質が必要でしょう。ジェノバとヴェネツィアを例にとると両国は同時代の海洋国家でありながら、まったく異なる方法をとった。ジェノバの港は深いので、大きな船が入れるのですが、ヴェネツィアは浅瀬なのでガレー船です。大きな船は帆で動くけれども、帆は風向きによって左右される。しかも、ヴェネツィアがすごいのは、絶対に一人とは商売をしないのです。一人に独占されると、すぐ図に乗る。そうさせないために、相手が値段をつり上げると、ただちにそことの商売を閉鎖して、次の相手と商売するわけで、リスクを分散していたんです。そのようにしてスケジュールで調整することが可能なので、ヴェネツィアは胡椒の値段を下げることができた。それによって喜望峰回りで入ってくる胡椒に完全に対抗できたんです。こういうことを考えるのが頭ですよ。こうして質の高い都市国家ができたことによって生産性が上がったのです。そういう意味で、私はほとんど完璧に「二一世紀は質の時代だ」と思っているんです。

下山――時代の大きな転換期には、いままで日本経済の発展要因であったものが衰退要因に反転する場合が多いと思います。また障害と見なされていた諸要素が逆に有利に働くこともあるでしょう。長期的視野にたっての沈着な判断をしたいと思います。

望まれるリーダー像

日本人の「沈黙は金」が、世界の誤解を生みます——塩野

国民のレベルがそれにふさわしいリーダーをつくるのだと思う——下山

塩野——優れた人物を認める社会が優れた人を生むのであって、優れた人を認めず、必要になったからリーダーよ出てこい、というのでは、日本の政治家がかわいそうです。日本の政治家には説得力がないと言われますが、日本には「沈黙は金なり」という言葉があるし、とうとうと言葉を続ける政治家を、われわれはいままで正当に評価してきたでしょうか。

下山——日本では有史以来、今日まで世界史に名を残すような指導者は残念ながら出ませんでした。それは日本が地理的に世界の極東に位置した島国で、外界との接触が近世まで少なかったことにあります。西欧のような狩猟社会では強いリーダーの下で各人がそれぞれの役割を果

たさねば、獲物をとれませんが、日本のような農耕社会では一人の強いリーダーよりも全員の協調が大事になるのだと思います。このような民族の違いも背景にあります。それでご指摘のような風土が醸成されたのだと思います。まあ、国民のレベルがそれにふさわしいリーダーを作るとも言われますが。

塩野——日本では口下手のほうがよくて、口上手はうさん臭いと思われきたのですよ。無言で背中を見せる高倉健の世界が好きなんです。そういう現状でどうして説得力を持つ政治家が生まれるのですか。「男一人、背中で語る、高倉健」は日本人の心情をもっともよく体現しているわけで、これは変えようがないと思うんですが。例えばサミットのような世界のトップが議論する場で、西欧の人々は誰も背中など見せてはくれないですからね。社長も同じ。これからは社長は国際的に活躍しなくてはいけない。「無言で背中」など通用しない。いままでビジネス面であまりボロが出なかったのは、言葉を使っての説得力では不充分でも、数字を見せ合うことで解決できたし、商売が成り立っていたからです。こう言っては悪いのですが、経済は一流、政治は三流、だなんて言わないでください。そう言われていたのは、数字で解決できた時代で、いまの不況は、経済界もまた三流であることを暴露したではないですか。

下山——高倉健の世界は極めて狭い社会で通用することであって、今後はシステムとして各分野のリーダーを育てることが必要です。そのためには、まず教育、そして既存の諸制度の改革が求められています。産業界について言えばベンチャー企業を育てる風土、システム造りが肝要で、企業内ベンチャーでは限界がありますよ。

塩野――日本がこれまでの五〇年間うまくいったのは、米国が全部考えてくれて、その後をくっついていけばよかったからで、しかも日本にとって、冷戦ほど都合のいい状態はなかった。世界が二つに分かれて、ソ連と米国が考えてくれたわけですからね。ところが、いま両国は、もう考えたくないと言い出したから困っちゃった。これからは私たちが考えなければならなくなったのです。

これからは、経済至上主義ではやっていけません――塩野

技術や経済力があってこそ安全保障も可能となります――下山

下山――戦後、日本国民が軍事を捨てて、技術や産業に全力を挙げたことが経済力で世界ナンバーワンになった主な理由だと思います。現在と将来の安全保障問題を考えても、日本の技術や産業力が西側同盟国にとっては大きな力となると同時に、敵対する勢力にとっては大いなる脅威になると思うのです。長期的に考えると、経済面で成功することが国民の生活水準の向上だけでなく、安全保障力を高めることにもつながると考えられます。ソ連邦の崩壊や北朝鮮の現状を考えると、日本の戦後の生き方は決して間違っていなかった。しかし日本がここまで大

きくなると、いろいろな分野で一層国際的な責任を果たすことも必要ですし、他国からも期待されると思います。

塩野――米国による平和という意味は、決して米国の軍事力の傘の下に入っているというだけじゃない。軍事力は必ず経済的な面に波及してくるんです。パクス・ロマーナ（ローマによる平和）も同じですが、自分たちだけでなく他者まで守って平和を維持してあげる。さらに街道から何からインフラも整備してあげる。そして帝国内の物資は国境なく自由に通行できるようにした。そうなれば経済が成長し生活水準も上がり、人々も侵略される恐怖から解放される。それが平和の効果だと思うんです。

下山――パクス・アメリカーナが後退して、それに頼れなくなるとすれば日本はどうやっていくべきか。一方で、われわれが望むような政治家、指導者は出てこない。今後、日本はアメリカをさまざまな分野で支えていく必要があると思う。経済面ではアジア太平洋地域における自由貿易の推進や経済協力が大事だし、安全保障面でもいま以上に自力でやれることはやるという覚悟を持つべきです。いつまでも他国のうしろにくっついていくだけでは尊敬される国にはなりえない。

塩野――そのとおり。マスコミが考えるほど日本人は馬鹿ではないと思う。防衛力とは攻撃上の軍事力というよりも、安全保障能力ということで、安全保障能力とは敵が侵略しにくい体制づくりをすることが基本であって、それは各国それぞれが考えるんじゃないですか。だからヨーロッパはNATO（北大西洋条約機構）の解散など考えていませんよ。

下山――欧州復興開発銀行の前総裁のジャック・アタリ氏は、最近の著書の中で「アジアの経済力・モノづくりと米国のマスコミ（＝おしゃべり）、それとヨーロッパの知性・哲学がこれからの世界のファクターだ」と言っています。政治力や外交力に期待できない以上、日本は今後とも、技術や経済的な面でプレゼンスを保っていくことがもっとも大事なことだし、日本にはそうした力は十分にあるとおもいます。

塩野――世界の中で、政治的指導力を持ちたいと思っている日本人もいるとおもう。そのためには、自分が血を流しても他の人々を守る、というヨーロッパの伝統的な「士の精神」を持てるかなんです。反対にそれがいやなら「いやだ」と言えばいい。西欧では古代ギリシア以来、指導者は自分の身を呈しても他者を守る。だから指導者として尊敬されてきたのです。いまの国連でイタリアが、ドイツと日本の安全保障理事会のメンバー入りに反対しているんですが、その理由は、イタリアはそれなりに軍事上の義務を果たしているのに、両国は果たしていないから資格がないというのです。事実としてそうなんです。両国は事情があってできないわけですが、そのままで拒否権を持つ安保理のメンバーになり得るか。ちょっと説得力がないですよね。

日本は軍事力も使いたくない、政治的なリーダーにもなれない。ゆえに経済と技術で貢献したいと言っても、実際にはそれさえも許されないのじゃないかしら。

下山――ヨーロッパ三千年の歴史の中で生き続けている、高い身分の者には相応の義務があり、持てる者は持てない者に施す義務があるという、いわゆる「ノーブレス・オブリージュ」という言葉すら日本にはありません。湾岸戦争のときのように、カネさえ出せばいいじゃないか、という考え方を政治家も国民もみな持つようになったら、世界的なプレゼンスはいつまでたっても上がらない。古代から兵役が市民の義務であり外からの侵略に常に脅かされている国と、近世までそうした経験の少なかった国がある。日本人には言葉は悪いが国家という意識・観念が極めて薄いのではないでしょうか。

塩野――湾岸戦争の場合は、日本は憲法上大変な問題だったし、ドイツも同じ問題をかかえていたわけで、日本は米国から言われてお金を出したわけです。しかし、クウェートはそのとき、新聞広告で支援国に感謝したが、日本だけ感謝されなかった。日本人は大きなショックをうけた。古代では、兵役は一人前の市民の義務でしたが、奴隷は一人前の市民じゃないので、納税や兵役の義務もなかった。ローマの市民は直接税を払わなくてもいいのですが、属州民はローマ市民が安全保障をしてくれる代償として収入の一〇分の一の属州税を払わされた。つまり、いかに大金であろうと、お金を出して兵隊を送らなかった日本人を、外国人は「属州民」と見たわけです。では、われわれは安全保障を他人に代わってやってもらうわけだから、一人前の市民ではなく、属州民と見られてもいいのか。いいのなら、文句を言わずに戦費を負担したらいいのです。

他国に安全保障を任せる国は、一人前とみなされません――塩野
カネでは世界の尊敬をうることはできません――下山

下山――もちろん国民のなかにはお金を出して外国人に安全保障を任せることに賛成の人たちもいるが、こうした考えに反対する人も確実に増えてきています。日本の安全保障の将来を考える際に大事なことは、アジア各国の日本の軍事力の増大に対する不安の高まりです。アジア各国の支持を得られる形での安全保障を日本は考える必要があると思いますよ。

塩野――英国やフランスやイタリアは米国にとって同盟国ですが、軍隊を提供しない日本は「属州」だから、米国が安全保障をしてあげる。安全保障とは肉体の問題だけでなく、石油を輸送する道を保障することも含まれるのですよ。

要するに、日本人にはあまりなじみがないであろうこうした考え方がどのようにして成り立ってきたか、なぜ三千年の昔から続いてきたのか、そしてなぜ日本より経済力の低い英国やフランスが一朝事があると軍隊を出したがるのか――はっきり言ってしまえば、これらの国は「大国としてのメンツを保ちたい」「侍でいたい」「同盟国でいたい」からなんです。いまだに世界で支配的なこの方程式は、三千年の昔からこのようにして成り立ってきたのだ、ということも『ローマ人の物語』を書き続けていくテーマの一つでもあるのですが。

アジアの中の〝サムライ〟日本へ

日本が最優先すべき課題は、国土の安全と経済の再興です――塩野
生活大国にはシステムの改革が不可欠です――下山

塩野――かつて明治維新から始まった制度はうまくいっていたのですが、日露戦争あたりを境にして、だんだん制度疲労が起きてきてだめになった。戦後も、五〇年間システムはうまく機能したわけですが、いま疲労しているからどうにかしないといけない。

私自身『ローマ人の物語』の「ユリウス・カエサル」の巻を書き終えて考えたんですが、日本も「」付きのルビコンを越える必要があると思う。カエサルはそれを軍事力で越えたけれど、現在の日本は軍事力なしで越えなければいけない。彼は軍事力で越え、守旧派だった元老院を打倒するわけですが、それと事情が似てはいないでしょうか。じつは、ハンニバルのカルタゴに勝った後に共和制ローマの高度成長が始まるわけですが、それによってローマは覇権国になった。ところが、覇権国になったローマに、〝金属疲労〟が起きる。それで、カエサルは、覇権国家への邁進という一種の高度成長から安定成長に向かうに際しての国制改革を決行したのです。日本では口ばかり「安定成長」「生活大国」と言っているけれども、本当は安定成長に適した制度

に改革しなければ、安定成長さえも実現できません。その意味で「いま、なぜカエサルか」と問われると、「ルビコン越えの必要性」が答えになる。いままでならば適さなかったからやらなくてもよかったことを、これからはやらなければいけないということです。

下山――たしかに日本はいま戦後五〇年の総決算をせまられています。金融や通信に代表されるように日本全体に張りめぐらされている政府による規制の網はいたる所でほころびが目立っているが、ほころびを縫うのではなく、この網を廃棄処分しなくてはならない。日本は二〇世紀の残された数年間のうちにいくら苦しくても、官僚機構を含めて全体のシステムの大改革をやり遂げなければ、安定成長の実現や生活大国化は難しい。これは明治維新や戦後の時期と同じくらいの強烈なエネルギーを必要とする大仕事になると思う。そのためにも強いリーダーの力が必要となります。

塩野――日本がいま解決しなければならない最重要課題は、国土の安定と経済の再建だと思います。

下山――国家の安全、すなわち国家の存続ということを考えると、安全保障と国土の安全をはじめあらゆる分野で課題が山積している。たとえば、エネルギー問題、情報インフラ整備、老齢化、少子化、福祉、税制、教育などです。どれひとつとっても解決を先に延ばすことはできません。しかし、経済の面では日本はやはり技術立国を目指すべきで、次世代技術の開発が急務です。各企業も独自のコアコンピタンスとなる技術の開発を続けていかねばなりません。

日本はイノベーションで活路を開こう——塩野
アジアの発展には日本のモノづくりの経験が役に立ちます——下山

下山——最近のアジア各国の経済発展は、日本と違って技術のイノベーション（革新）によるのではありません。

塩野——そう。日本はサイエンスはなく、テクノロジーだけだと言われていますが、そんなことを気にする必要はない。テクノロジーはやはり偉大ですよ。もしアジアの経済発展が本物になるとすれば、それは日本が主導権をふるったときだと思う。中国が主導権を持ったときではないと思います。私は別に中国人を軽蔑しているんじゃなく、両国民の能力の違いを言っているだけです。

下山——おっしゃる通りで、中国人はコマーシャルセンスが強いと思っていました。しかし、私どもも十数年前から中国で仕事を展開していますが、指導してみてわかったことは、彼らは技術の習得が大変速いことです。中国の産業は将来イノベーションを生む方向に向かうことでしょう。その手伝いを喜んでしたいと思います。

塩野——日本ならば地位の上下に関係なく、何か問題があると家に帰って夕食をしていても、寝ていても仕事のことを考えていそうですよね。それは「工」の精神なんです。日本は華人が多い東南アジアにこの精神を移して、東南アジアの人間を皆そのようにできるとは、とても考えられないし、そうならなくて結構なんです。

下山――日本はモノづくり、経済力で世界や東南アジアの発展に貢献していかなければいけない。それにはモノづくりを中心とした技術立社、技術立国でなければならないと、いつもいうんです。

塩野――それが日本人の性格にいちばん合っているんですね。

下山――いま一人当りＧＮＰ（国民総生産）でシンガポールや香港はかつての宗主国・英国を遥かに追い抜いて、経済的に豊かになっています。これはアジアのモノづくりの成果だと思う。日本の成功の証でもあるんです。

塩野――それは政治が安定していたからです。政治の安定は、ムダを排除するからです。日本では今までそれを官僚がやっていた。官僚は政治もやっていたんです。いまの政治家を生んだのも、そういう官僚の存続を許してきたのもわれわれで、国民全員が考えを改めるべき時代がきたということですね。

下山――それがまさに日本人がいま「ルビコン」を渡らなければいかんということです。

塩野――ええ、ただ「ルビコン」と言うと、とたんに軍事大国化と思う人がいるけど、たとえば西欧的教育を受けたシンガポールのリー・クアンユーならばそうは考えないと思います。

リーダーは自分にない能力は他人に任せよ――塩野
リーダーには豊かな想像力こそが不可欠だとおもう――下山

塩野――日本ではつい最近まで「日本には傑出したリーダー、英雄はいらない」と言ってきたではないですか。衆知を集めて進むというわけですが、冷戦下では、それができた。全員のコンセンサスを得るまで待つというシステム自体は、悪い制度ではないのですが、まさか敵が攻めてきたときに、多数決で決めますか。誰かが決めなければいけない。その点カエサルは「自分が決める。ただし、責任は自分が負う」と言ったわけで、リーダーとそれに従う人々との役割分担をしたんです。でも、日本人は、この意味での役割分担が嫌いのようですね。

下山――日本の指導者に考えてもらいたいと思うのは、マキアヴェッリの「指導者に必要なのは想像力だ」という言葉のことです。彼は軍隊のリーダーについて語ったのですが、何も軍隊だけではないと思う。私どもの会社でもそうですが、中間管理職――塩野さんの著書にも出てくる百人隊長や軍隊長でもいいんですが、朝に一城を抜き、夕に一城を屠《ほふ》っていかなくてはいかんとき、何百人も死んでいながらも、一方で奮い立たせる想像力を持っていなくてはいけないわけですが、それがない。

塩野――いま日本人に求められているのは言葉で伝える才能です。自分が考えていることを他者にうまく伝わるように努力することで、黙っていてもわかってくれる、なんて思わないでほしい。大切なのは説明することだと思う。もう一つは、もしもその面での能力がなければ早々にそれを認め、能力のある人を活用することです。カエサルは後に初代ローマ皇帝となるアウグストゥスには軍事上の能力があると思っていなかったので、軍事のできるアグリッパという若者をつけて補強しました。アウグストゥス自身も、メチェナスという交渉や根回しのうまい人間を自分の側に置くわけです。つまり、自分にないものは他人で補充する——それは決して恥ではないんです。マキアヴェッリは「指導者には三種ある。第一は、自分一人でできる指導者。第二は、能力はないが、能力を使いこなせる指導者、そして第三は、能力もないし、かといって能力のある人の活用もできない指導者」と言っています。

下山——われわれのような企業のなかで上に立つ人間は、やはり言葉で引っぱっていくだけの器量がないとだめです。つまり、イマジネーションを言葉によって伝えることが必要です。リーダーに足らないものは組織のなかで補充してやればいい。

政治は夢であり、人々は夢を見たがっています——塩野
日本のリーダーには夢がない——下山

下山——社会人類学の観点からみて、日本はあまりにも平等すぎる。だから、ちょっとでも人

が頭を出すと多くの人が頭をたたくか足を引っぱる傾向があります。

塩野――日本人はイタリアのぶどう酒に似ていて、最上層はフランスのぶどう酒に劣るけれども、その下の中程度は圧倒的にイタリアのぶどう酒の方がいい。日本の戦後五〇年間の成功は、生産性が一〇〇の傑出した一人が引っぱったのではなく、生産性は一〇かもしれない平凡な人が一〇人集まって努力したからなんです。これからも同じようなかたちで行くと思いますよ。われわれは何を持ち、何が足りないかを考えて、持っているものを効率よく使い、持っていないものは補充する。

たとえばリー・クアンユーが隠居して暇なら、政府系のシンクタンクの顧問にでもなってもらっていけない理由はないでしょう。日本人は物心ともにシンガポールの人々が持っていないものを持っているわけだから、彼だって面白がると思いますよ。たとえ話ですが、彼がそうやって間接的に日本の外交政策にでも関与するとしたら、いままで彼がシンガポールでやってきた政策をそのままやろうとはしないと思います。もっと別の大きなことができるかもしれない。私がこう言うと、いかにも突拍子もないことで実現するはずがないというかもしれませんが、政治は夢であり、人々は夢を見たがっている。その夢を与えるのがリーダーの役目でもあるんです。

下山――ところが、日本のリーダーには夢がないんです。いわゆる知識人と呼ばれる人たちやマスコミが、ことあるごとに批判ばかりをして、世論を導いているのも困ったことです。企業経営者も渋い顔をして額にしわを寄せていたのでは、社員の士気は上がりません。

塩野――夢ですから、すぐには実現しない。でも、少しずつそちらの方向に向かっていけばいいんです。要するに、いま世界のニーズは何なのか。戦争することでも対立することでもありません。日本は国連で一生懸命主導的なメンバーになろうとしても、軍事力はないも同然なのですから、結局はなれませんよ。それならサミットを政治サミット化し、そこに中国とロシアを入れたらいい。そういうことをどうして皆考えないのかなと思うんですけど。

下山――塩野さんは日本から離れて考えていらっしゃるから、そういう自由な発想が生まれるんだと思う。

塩野――これこそが「ルビコンを渡る」ということで、そうなると二一世紀がちょっと楽しくならないですか。

下山――本当に楽しくなるでしょうね。

政治家には質よりも実行力を求めるべきです――塩野
日本の指導者には、識見と高い道徳性が大切――下山

塩野――日本では、どんな人間が宰相の器かとか、現代の政治家たちを採点するような一般的

な指導者論が多いけれども、それはもう言い尽くされているので、私は視点を一八〇度変えたらどうなるだろうかと思うんです。下山さんも映画『七人の侍』をごらんになりましたよね。あの作品は七人の侍とはいえ、主人公は浪人侍で、たかだか米の飯を食わせてくれるというのにつられて百姓たちを組織して野盗相手の防戦に立つ。ところが、それをしているうちに忘れていた侍の心を取り戻してくるのです。とくに、三船敏郎が扮した主人公は侍でもなく、百姓なんですよ。それを侍ぶっていたわけ。その彼を含めて侍を忘れていた七人のうち四人までが最後に侍にもどって死んでいく——これがあの映画を名作にした点だと思うの。『七人の侍』の侍を思い浮かべると、日本の政治家たちを見る視点がちょっと違ってくるんじゃないか。つまり有権者は政治家たちに税金をはじめとして取られるだけ、使われるだけという疑いがいつもあるけれど、本当は『七人の侍』の百姓たちが浪人侍を使ったように、われわれの利益を実現するために、政治家たちを使うという考えに立ってはどうでしょうか。

下山——利口な民衆が政治家を使って立派な仕事をさせる——これは大いにあってよいのじゃないですか。日本でも西欧でも立派な仕事をした為政者は民衆がさせたというよりも、開明的な為政者が上からさまざまな改革をしたという面が強いと思う。上杉鷹山のように民富を増やすためにさまざまな改革を行ったのが一つの例であって、こうした能力がないと、為政者として尊敬されなかったのじゃないですか。つまり日本の為政者には、経済という言葉の元になった「経世済民《けいせいさいみん》」（世の中を治め、人民の苦しみを救う）の能力が極めて大事だったのだと思います。

塩野——権力は現今の官僚制度を斬る剣であり、政治家にその権力を与えるから野盗対策をやってくれということです。

下山——それはありえますが、一国の宰相が単に仕事をする、いわば「機関」としての役割を果たせばいいのでしょうか。それだけじゃないように思うんです。とくに日本では、国民は指導者に対して、識見があるばかりでなく道徳的にも優れた人物であることを要求することが多いのです。内村鑑三の「代表的な日本人」に取り上げられている西郷隆盛や上杉鷹山らの人物はそうした例だと思います。そうでないと、国民も未来に希望を持ち、懸命に働くというわけにはいかないのです。

塩野——一国の宰相はわれわれより偉くなくてはいけないとか、人物が上等にできていなくてはいけないと思っていたら、今の日本ではなに一つ実現できませんよ。でも『七人の侍』でも、米の飯につられる程度の失業中の浪人侍だったのです。だから、いまの政治家の質を問題にするよりも、彼らが「やる」と言いはじめたのだから、やってもらおうではないか、というのが私の考えなんです。

下山——ローマ史を例にとると、カエサルやアウグストゥスたちは民衆に操られて仕事をしたというよりも、民衆の意向を十分に汲み取ることができた、あるいは国の将来を展望できた非凡な能力をもっていた君主であったと理解すべきではありませんか。マキアヴェッリは指導者の条件として、才能、運、政治的技術、それに時代の要請に合致することを挙げていますが、一人の人物がこれらの複合的な要素をすべて満たすことは容易ではありません。さらに、現在のようなボーダレスの時代では、国際的な視野が必要になりますが、日本人はこの点ではかなり見劣りすることは否定できません。日本の指導者の欠点はこの点にあると思いますよ。

塩野――オックスフォード大教授で、ひじょうに権威あるローマ史の研究者は、「いかなる政体も民衆のコンセンサスがなければ絶対に長続きしない」と言っています。その民衆は剣を振えないわけで、なにを改革すべきかはわかっても、それをどう進めたらいいのかはわからない。改革をどう進めるかは別の頭脳、才能を必要とします。つまり、百姓がやれることと侍がやれることの違いは厳然とあって、それはどちらが偉いか、という問題ではないんです。

行革を成功させれば、日本は安定した国になる――塩野
日本がもっている優位性を、いかに活用するかです――下山

塩野――日本人は不思議で、ときどきリーダー待望論が出るけど、強力なリーダーは必要ないともいう。それは、そのような強権を与えようものなら自分たちが使われてしまう、という恐怖があるからだと思います。でも『七人の侍』で百姓たちが侍を使ったように、自分たちこそが政治家を使うんだと思って、リーダーに強権を与えて力を発揮してもらって、役割を終えたら

退席願えばいいじゃないですか。

実際に日本人はこれを五五年体制下で無意識だったにしろやっていたんです。なぜなら自民党が圧倒的多数だったからで、もし二大政党制だったら、自民党は不人気な消費税導入や国鉄の民営化などをやり出す勇気を持てなかったと思う。しかし圧倒的多数で、派閥があった。だから、各派閥が順番で首相を出し、「おまえを首相にするから、これを実施せよ」と言い、それが終わったら退陣。その次は別の派閥から首相が出て、また何かをやる。そういうシステムが機能していたんです。

下山——たしかに安定的な政権交代がプラスに働いてきたとおもう。ただ、いつの時代でも日本には強力な指導者待望論があるのではないですか。しかし、日本にはナポレオンとかサッチャーさんのような指導者はなかなか出ない。国際的なリーダーとして活躍するには、国内で確固とした地位、権力、信望を確立しなければならないが、これが難しい。日本のリーダーは基本的には、集団の一部を代表するにすぎないことが多いからです。欧米では、指導者と民衆の間に暗黙のルールというか契約的なことがあると思うのです。

塩野——指導者になる人は、まず悪評に強くなくてはだめですよ。日本人は悪評にとても弱い。テレビや新聞も反対意見にびくつくし、政治家にいたっては支持率におろおろする。マスコミは自分がはっきり何のために反対か、という理論や根拠を持てない場合は「社会が制裁する」なんて人民裁判みたいなことを言いだします。

下山――日本の場合は部下や子分などの顔色をうかがいながらの指導者なのに対して、欧米の場合は打たれ強いというか悪評に強いというか、強固な執政権を発揮できる。私はそれは先ほど述べた社会構造上の問題だと思っているんです。

塩野――日本ぐらいの経済力のある国がどのような改革をするか、それをどう進めるか。うまくいけば、大変な世界の安定要因になるとおもう。とは言っても、パクス・ロマーナの後にパクス・ブリタニカがきて、その後パクス・アメリカーナがきた。では、その次にパクス・ヤポニカを推進できるかというと、どうもその力がない、やる気もない。だから私たちは、アメリカというリーダーの下にいるわけで、総司令官ではなく、戦略単位の二個軍団ぐらいを任される程度の国なんですよ。だから、改革の当事者たちには遠大な哲学とかビジョンを求めるよりも当事者能力を求めた方が、実現の確率はずっと高いとおもいます。

下山――日本には、高い教育を受けた一億二千万の人がいます。これらの人をうまく活用できないものか……。すると、また指導者が必要になってくるんです。日本は先進国の病理をそんなに多く持っていない。宗教・人権問題、麻薬による汚染もされていません。一等国にはならないだろうが、その下ぐらいにはなれます。ヨーロッパ連合、NAFTA（北米自由貿易協定）、APEC（アジア太平洋経済協力）はすべて安定のための同盟です。その意味では、日本が安定し、ヨーロッパ、米国も安定してくれれば、世界は相当落ち着きます。だから、世界安定に貢献するためにも、日本はきちんとした国になることが使命だとおもう。最初に戻りますが、リーダーは『七人の侍』のように「サムライ」としてのロマンを実現してほしい。私もそれがいまいちばん大事なことだと思います。

参考文献／初出

◉樋口覚『日本人の帽子』講談社　2000
◉バリー・パリス『オードリー・ヘップバーン　上／下』永井淳訳　集英社　1998
◉白柳美彦『ホメロスの丘—シュリーマン伝—』朝日新聞社　1973
◉エミール・ルートヴィヒ『シュリーマン—トロイア発掘者の生涯—』秋山英夫訳　白水社　1978
◉木村毅『クーデンホーフ光子伝』鹿島研究所出版会　1973
◉ブライアン・フェイガン『歴史を変えた気候大変動』東郷えりか、桃井緑美子訳　河出書房新社　2001
◉テリー・イーグルトン『表象のアイルランド』鈴木聡訳　紀伊国屋書店　1997
◉ケビン・コリンズ『フリーメイソンの真実』角間隆訳　ごま書房　1995
◉吉村正和『フリーメイソン—西欧神秘主義の変容—』講談社現代新書　1989
◉木内信敬『ジプシーの謎を追って』筑摩書房　1989
◉相沢好則『ロマ・旅する民族—ジプシーの人類学的考察の試み—』八朔社　1996
◉アマール・ナージ『トウガラシの文化誌』林真理、奥田裕子、山本紀夫訳　晶文社　1997
◉朽木ゆり子『マティーニを探偵する』集英社新書　2002
◉ソフィー・D・コウ、マイケル・D・コウ『チョコレートの歴史』樋口幸子訳　河出書房新社　1999
◉キース・S・トムソン『シーラカンスの謎』清水長訳　河出書房新社　1996

◉松井孝典『恐竜絶滅のメッセージ―地球大異変―』ワック　1997
◉松永義弘『ジョン万次郎、虹かかる海』成美文庫　1997
◉神坂次郎『海の稲妻』朝日新聞連載小説
◉「海の長篠の戦い」を制した世界初めての鉄甲軍艦の使用　週刊東洋経済　1996.2/23
◉ジェフリ・パーカー『長篠合戦の世界史―ヨーロッパ軍事革命の衝撃1500～1800年』
大久保桂子訳　同文館出版　1995
◉吉田集而『風呂とエクスタシー―入浴の文化人類学』平凡社選書　1995
◉藤田紘一郎『清潔はビョーキだ』朝日新聞社　1999
◉寺島実郎『一九〇〇年への旅―あるいは、道に迷わば年輪を見よム一九〇〇年ロンドン、
南方熊楠と大英博物館―』新潮社　2000
◉笠井清『南方熊楠』吉川弘文館　1985

［初出］
序文「米国式グローバリズムの危うさ」――『経営者』二〇〇〇年四月号　㈳日本経済団体連合会
第1章　地球を歩けば――
〈東欧の血がかよう「知識の橋」〉――『文藝春秋』一九九〇年二月臨時増刊号　文藝春秋
〈「血湧き肉踊る」戦闘場面〉――『新潮45』一九九八年一月号　新潮社
第5章　きたるべき日本をめぐる対論
〈世界からの視点〉――『日本経済新聞』一九九三年、一九九六年　日本経済新聞社

あとがき

四九年前の一九五五年、まだ戦後一〇年であったが、私は会社から日本写真機工業会に出向を命ぜられ、ニューヨークに派遣された。ジャパン・カメラ・センターの創設に携わるためであった。

まだ三一歳と若い頃でプロペラ機の時代であった。その後会社から西ドイツ・ハンブルグに派遣されてＥＣ（現在のＥＵ）結成直後の欧州進出の拠点となるオリンパス・ヨーロッパの創設にあずかった。会社にとっても私にとっても、まったく新しい仕事ばかりであった。戦後の混乱期の会社には先輩も後輩もなく、何をするにも私だけ。年回りのため致し方なかったのだとおもう。新しい仕事や事業はその後ずっとつきまとうことになる。

若い頃からアメリカと欧州の社会機構の中に飛び込み、会社をつくり、現地職員を雇い、販売網を作って経営に当たってみて、私はつくづく自分の知識や力のなさを恨んだ。また導いてくれる指導者のいないことを嘆いた。毎日が暗中模索の状態であった。もちろん友人知人など数多くの人たちの有益な話、経験に接して少なからず感激し、それなりに有益であった。しかし、今ひとつ、本質的なものが掴めずにもどかしかった。先輩、知人の経験や忠告は欧米社会の断片的な現象面の説明と批判にすぎなかった。

ハンブルグから一年に一回ほど、決算報告や打ち合わせのために本社に帰ったが、短い滞在期間を割いて神田で本を買った。また学生時代を通して乱読した本をいま一度棚からほこりを払って持ち帰った。和辻哲郎博士の『風土』、ルース・ベネディクトの『菊と刀』、マックス・ウェーバーの『プロテスタンティズムの倫理と資本主義の精神』、東洋史、西洋史、等々。

馴れない現地法人の創業と経営は泣き笑いの連続であったが、できるだけ冷静にヨーロッパの社会事情や地域性、人々の発想方法、行動様式を観察して、いかに適合していくかを考えるようにした。

ちょうどその頃、東大の社会人類学教授で後に文化勲章を受章された中根千枝先生の『タテ社会の人間関係―単一社会の理論』を読む機会に恵まれた。中根先生のきわめて明快な論理と法則に、今まで漠然と感じていた苛立たしさが一瞬に霧消して、眼から鱗が落ちたような気がしたものだった。心から共感を覚えたのである。

米国に五年、ヨーロッパに七年、通算一二年間の外国駐在で日本を外から眺めてきた。日本を知るには外から見ると良いとよくいわれるが、私の見方にも多分に社会人類学的な視点から、日本人論のようなものが含まれている。

もう一〇年前になるが、社内報の担当者からコラムを書いてほしいと依頼された。一、二回なら何とかなると思って引き受けたが、いつのまにか一〇年間続いてしまった。今から読み直すとやはり時代は大きく変わり、また、何を今さらとおもわれるところも多いと思うが、当時ではあまり違和感のないものであったので、ご了承頂ければ幸いである。

実は月に一度の締め切りで苦労したことも多かったのだが、掲載中に読者からの反応はほとんどなかった。あまり良く受け入れられていないのではないかと思っていた。ところが打ち切ることになった途端、意外と思えるほど嬉しい反響が届いた。是非コラムは続けてほしいという要望がたくさんあり、また本にまとめてほしいとの声もあった。

幸いに出版社である工作舎の社長、十川治江氏と編集者の田辺澄江氏のご好意とご尽力により、このようにまとめることができたことは望外の喜びである。慎んで御礼を申し上げるものである。

二〇〇四年　春　　下山敏郎

●著者紹介

下山敏郎（しもやま・としろう）

一九二四年五月四日、新潟県生まれ。陸軍航空士官学校を卒業した昭和二〇年、近代中国東北部（旧満州）で終戦を迎える。戦地に向かう多くの先輩や友人を見送った記憶は今も鮮明に残る。

一九四九年、東京大学文学部哲学科を卒業してオリンパス光学工業株式会社（現・オリンパス株式会社）に入社。五五年、ニューヨークに渡りJapan Camera Centerを設立。翌年にはオリンパスの米国駐在員事務所、代理店設置に従事する。六三年に渡独し、ハンブルグにオリンパス・ヨーロッパ駐在員事務所を開設。六四年から六年間、オリンパス・ヨーロッパ支店長を務める。

七〇年に帰国して海外営業部長に就任。七二年、著書『ヨコ社会の中のニッポン経営』（日本能率協会）を出版。オリンパスを国際的な企業に育てあげることに尽力してきた。

八四年、代表取締役社長に就任。九三年から二〇〇〇年まで会長を務め、二〇〇一年から現在まで取締役最高顧問として会社の繁栄を見守りつづける。

㈳日本写真協会常務理事、㈶マイクロマシンセンター理事長などを歴任し、さまざまな行事や会議に出席のため、欧米やアジアの国々への出張もしばしば。二〇〇〇年には「PMA（国際写真マーケティング協会）殿堂」入りを果たしている。

国境のない国から

発行日――二〇〇四年五月四日
著著――下山敏郎
編集――田辺澄江
エディトリアル・デザイン――宮城安総＋平松花梨
印刷・製本――文唱堂印刷株式会社
発行者――十川治江
発行――工作舎 editorial corporation for human becoming
〒150-0046 東京都渋谷区松濤2-21-3
phone: 03-3465-5251 fax: 03-3465-5254
URL: http://www.kousakusha.co.jp
e-mail: saturn@kousakusha.co.jp
ISBN4-87502-379-0